それでも人のつもりかな

有島希音　作
流亜　絵

岩崎書店

もくじ

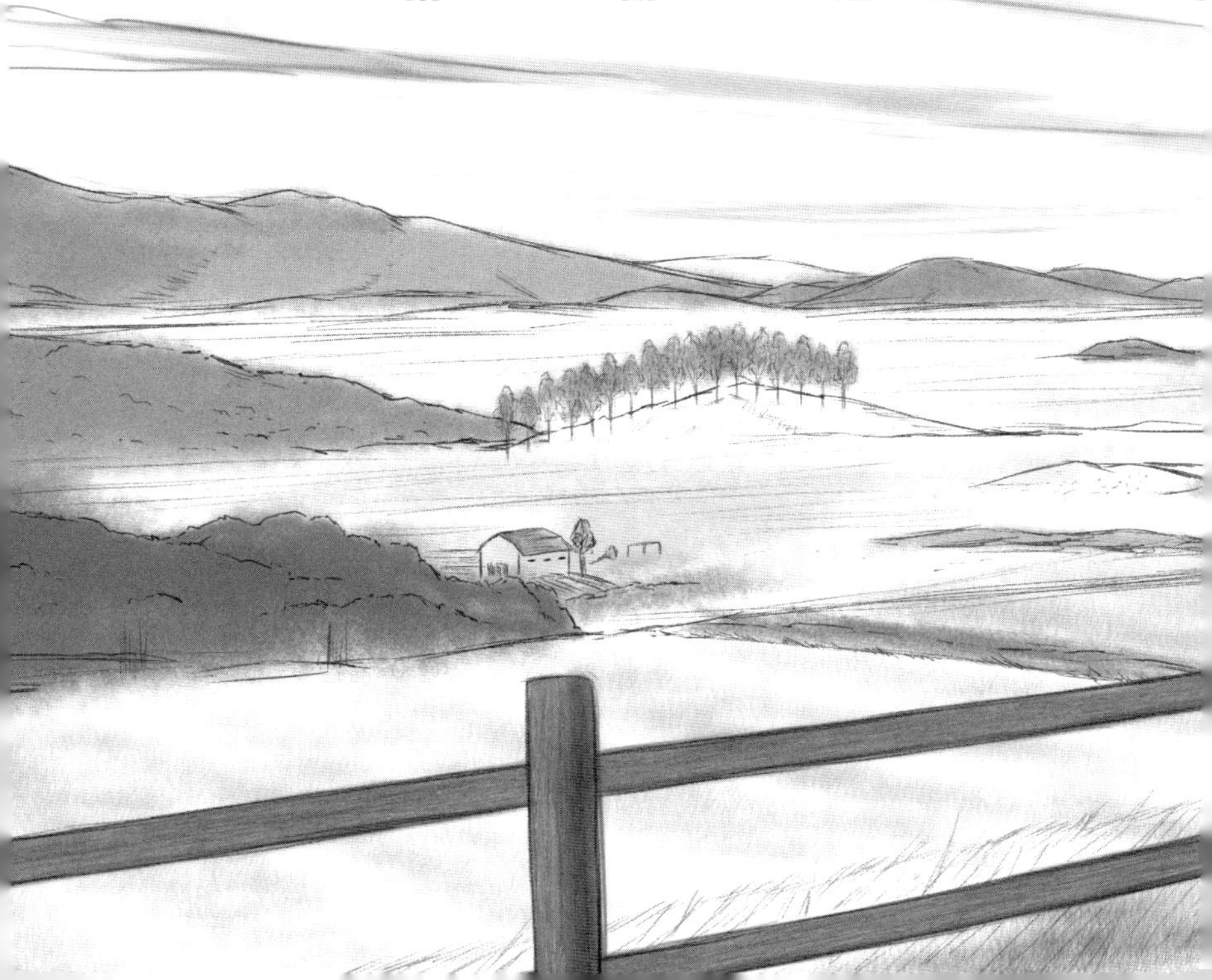

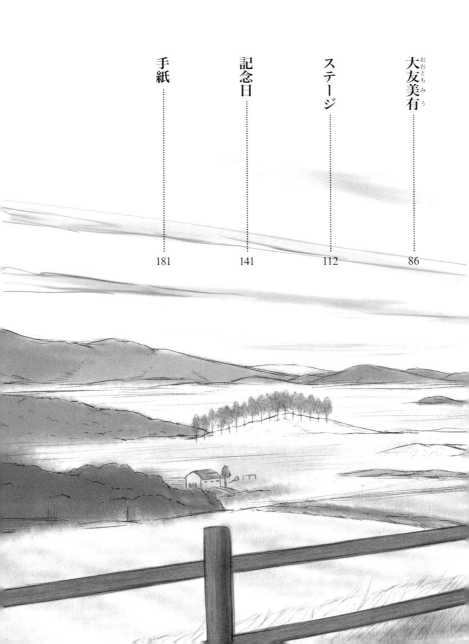

ハンノキ

昼すぎ、ようやく起きてきたママはあたしを車に乗せた。
さっきから何度も大きなあくびをする。どうやら昨日も残業だったらしい。
「どこいくの？」
ママは答えるかわりにアクセルを踏《ふ》んだ。
自分が答えたくないとき、ママは絶対《ぜったい》に答えない。
きいても無駄《むだ》と思ったあたしは、後部座席《ざせき》に身体《からだ》をしずめた。
窓《まど》の外を見慣《みな》れた景色が流れていく。
北海道南西部の山すそに広がるこの町は、大学や病院、大きな商業施設《しせつ》がそろっているわりに起伏《きふく》にとんだ地形と手つかずの自然が残っていた。

比較的《ひかくてき》雪は少ないほうだが今年はとくに雪どけが早く、山にはまだ雪があるのにあたりは乾《かわ》いた風が土ぼこりを巻《ま》きあげている。

あたしは生まれたときからこの町でママとふたりだけ。

パパという人にもおばあちゃんもおじいちゃんも、誰《だれ》にも会ったことはない。

車が見覚えのある通りを進む。

〈えっ、これって……〉

もしかして学校？

あたしは半年ちかく学校へいっていない。

自分からいかないといったわけじゃない。くるなといわれた。

いまはもう三月半ばすぎ。小学校生活も残りわずかだ。

〈まさか卒業式だけ出席しろというんだろうか？〉

不安になったあたしは、

〈ねえ、どこいくの？〉

もう一度きこうとしてすぐに言葉をのみこんだ。

答えが返ってくるはずがなかった。

車の振動《しんどう》が、いやな記憶《きおく》を呼《よ》びさます。

あの日もこうしてママの車にゆられて帰ってきた。


九月、学習発表会を終えてすぐだった。

由奈《ゆな》たちはひどくしつこかった。

「それでもおなじ人間のつもり？」

「なに？　その無駄《むだ》に大きい目と鼻」

「ダブルよね」

「あんたの父さん、どこにいるのさ？」

昼休み、由奈《ゆな》とそのとりまきは六年三組のろうかにあたしを追いつめ責《せ》めたてた。

ダブル……日本人と外国人の親をもつ子を最近はそういうらしい。あたしの目が灰色《はいいろ》がかっているせいかそれとも髪《かみ》の色が薄《うす》いからか、父親は日本人じゃないというのだ。

まわりに見物の人垣《ひとがき》ができた。人垣《ひとがき》のすきまから教室を出ていく担任《たんにん》が見えた。こっちを見た担任《たんにん》の目にはなにも映《うつ》っていなかった。向きを変えると担任《たんにん》は、そのまますたすたといってしまった。

いやがらせは前からあった。あたしは由奈《ゆな》たちのひまつぶしの道具なのだ。歩くたびに足をひっかけられ床《ゆか》に転がされた。

「ださっ」

「やば」

由奈《ゆな》たちはおもしろそうに見おろす。

警戒《けいかい》してよけるとうしろからつきとばされた。

「転ばないとつまんないだろ」

「なにやってんだ」

口々に罵倒《ばとう》する。

それはしだいに教室の日常《にちじょう》にとけこんでいった。担任《たんにん》でさえそのなかに埋《う》もれてた。

抵抗《ていこう》するとさらにおもしろがってエスカレートするから、なるべく平気な顔をした。

いつか飽《あ》きておさまるだろうと、それだけを願った。

でも遊びはやまず加速しつづけた。

ぎりぎりで踏《ふ》みこたえていた心の糸がもう切れそうになっていた。


午後の調理実習、昼休みのほてりをひきずる由奈《ゆな》たちが執拗《しつよう》にからまってきた。

教師《きょうし》の目をぬすんであたしの頭にかけていた水はお好み焼き用の青のりになり、やがてソースやマヨネーズに変わった。そのたびにあたしはティッシュで拭《ふ》きとった。

でもせっかく刻《きざ》んだボールいっぱいのキャベツをひっくりかえされたとき、あたしは持っていた包丁ごと由奈《ゆな》に向きなおった。

刺《さ》そうとしたんじゃない。ただもうやめてといいたかった。

その瞬間《しゅんかん》、由奈《ゆな》はにやりと口の端《はし》をゆがめ、

「キャーッ」

派手《はで》な悲鳴をあげて大げさに飛びのいた。

〈えっ？〉

なにが起こったのかわからなかった。

さーっと人が引き、あたしはぽっかりあいた空間にとりのこされた。スポットライトをあびてひとり舞台《ぶたい》に立つように。

「いやだっ」

「包丁持ってる！」

由奈《ゆな》のとりまきがいっせいに騒《さわ》ぎたてる。

「人殺しっ」

調理担当《たんとう》の教師《きょうし》がすばやく教室のドアを開け、大声で助けを呼《よ》ぶ。

あたしは包丁を持ったままそこから動くことができなかった。

となりで授業《じゅぎょう》をしていた男の教師《きょうし》が飛びこんできて、あたしを羽交《はが》い締《じ》めにした。

〈なに？　あたしなにもしていない〉

心のなかで叫《さけ》んだが声にはならなかった。

どこか遠くから、もうひとりの自分がその場をながめている気がした。

〈どうせいっても無駄《むだ》〉

遠くで見ている自分がいった。


放課後、長い髪《かみ》をバレッタで束ねたママがめんどうくさそうにやってきた。

担任《たんにん》はママに向かっていっきにまくしたてた。

「包丁ですからねえ、包丁。どうにもならないです」

「どうにもならない」を何度もくりかえす。

「亜梨沙《ありさ》さんはなにをするにも目立つんですよねえ」

横目でチラとあたしを見る。

「ずいぶんかばって指導《しどう》を重ねてきたつもりなんですがねえ」

〈えっ?〉

あたしは思わず担任《たんにん》の顔を見た。

〈嘘《うそ》つき……〉

四十代、男。昼間とおなじがらんどうの目をした担任《たんにん》はよどみなく話しつづける。

妙《みょう》に白い顔のなかで、薄《うす》いくちびるがべつの生きものみたいにひくひく動く。

「先方さんはたいへんご立腹《りっぷく》されておりまして。亜梨沙《ありさ》さんがいる限《かぎ》りうちの子は学校にやれない。世間に公表して学校ごと訴《うった》えてやる、という話なんです。そうなれば亜梨沙《ありさ》さんの将来《しょうらい》にも傷《きず》がつくわけでしてねえ……」

ママはさっきからただ機械的にうなずいている。めんどうなことはたいていこうやってやりすごす。この時間を早く終わらせることしか考えていないのだ。

あたしは目をそらし、窓《まど》の外を見る。

校門からぞろぞろと下校の列が吐《は》きだされていく。あたしが置かれているこの状況《じょうきょう》とまったく無関係な人の群《む》れが、ぬるい笑いを浮《う》かべて出ていく。

「ちゃんとあやまりにいってくださいよ」

担任《たんにん》に念をおされ、ママはあたしを連れて由奈《ゆな》の家へいった。

由奈《ゆな》の家は大きな家だった。

父親はこの町でいくつも会社を経営《けいえい》している。父親の怒声《どせい》があたしにつきささる。

由奈《ゆな》の勝ちほこった目があたしを見おろす。

ママはあたしの横であやつり人形みたいに頭をさげた。

学校はなぜこの父親のいいなりになるんだろう？
お金のある家の子はなにをしてもいいっていうの？
あたしは由奈《ゆな》の家の派手《はで》な玄関《げんかん》タイルを目が痛《いた》くなるほど見つめながら、
〈いつか絶対《ぜったい》に復讐《ふくしゅう》してやる〉
心のなかでくりかえしていた。

小学校生活はその日で終わった。

ママがいくなといった。

担任《たんにん》にそういいふくめられたのだ。

どうせ学校はいやなところだった。いかなくてすむならそれでいい。

あたしは毎日ゴロゴロとテレビを見て過《す》ごした。

でも休日以外ほとんど顔を合わすことがなかったママと、毎日いっしょにいなければならないのだけはこまった。

ママはこの町の大学病院で薬剤師《やくざいし》をしていた。三交代制《さんこうたいせい》だから、午後三時に家を出て夜の十二時すぎに帰ってくる。残業があるときは明け方ちかくになる。

あたしはいつも夜のなかにひとりおかれた。

うえーん　うえーん
自分の泣き声で目が覚める。

ぼんやり浮《う》かびあがる天井《てんじょう》の染《し》みがあたしをにらんでいる。

声はかれ、しゃくりあげるたびに身体《からだ》がひきつる。

どんなに泣いてもママはこない。

あたしは泣きつかれ、握《にぎ》りしめたハンカチの端《はし》をしゃぶりながらまた眠《ねむ》りに落ちる。

くりかえしおなじ夢《ゆめ》を見た。

闇《やみ》のなかであたしは魔物《まもの》とたたかっていた。

魔物《まもの》はやがてママに変わり、最後に必ずこういった。

「パパはあんたが生まれたことが気に入らなかったんだ」

パパとママは大学の研究室でいっしょに働いていた。でもパパは、あたしが生まれるとすぐにいなくなってしまったそうだ。研究室にいづらくなったママは大学をやめ、付属《ふぞく》の病院で薬剤師《やくざいし》になった。

保育所《ほいくしょ》のとき、よくいわれた。

「亜梨沙《ありさ》ちゃんのママきれいね。女優《じょゆう》さんみたい」

たしかにほかのお母さんたちといっしょにいてもママだけ浮《う》きでてすぐに見つけられた。

でも本当のママを知ったら、誰《だれ》もそんなことはいわないにちがいない。

ママは毎日部屋にとじこもってパソコンとにらめっこしている。わけのわからない横文字で論文《ろんぶん》というものを書いているらしい。どこかに発表したなんてきかないからたぶんどこにも出さない論文《ろんぶん》を書いているのだ。ママにはそれだけがだいじでほかのことはどうでもよかった。どうでもいいのなかに、当然「あたし」も入っていた。

ごはんは気が向いたときしかつくらない。

材料さえあれば、あたしだってチャーハンとか焼きそばがつくれた。でも冷蔵庫《れいぞうこ》はしょっちゅう空だった。

通帳と現金《げんきん》はいつもママが持ち歩いているから家にお金はない。財布《さいふ》が重いときだけママはテーブルにざらざらと小銭《こぜに》を吐《は》きだす。あたしはそれをかきあつめ、カップラーメンを買いだめする。でもそれも、すぐに底をついた。

学校へいっているあいだはお昼の心配だけはしなくてすんだ。催促《さいそく》されてめんどうなことになるのがいやだから、ママは給食費はちゃんと払《はら》った。

あれから半年ちかく、いったいどうやって過《す》ごしてきたのだろう。引きずられるような気だるさのなかにただぼんやりと浮《う》かんでいたような気がする。

気がつくと、車は学校の門をくぐっていた。

学校はいつも冷たくあたしを拒絶《きょぜつ》していたけど今日はいっそうよそよそしく、まるで初めて見るもののようだった。

学年末の早帰りの時期だからか校内は気味が悪いくらい静まりかえっている。

児童玄関《げんかん》に置いてあった来客用のスリッパをつっかけ、ママはさっさと階段《かいだん》をのぼっていく。六年の教室に向かうのだ。

あたしはどうせあるわけないと思いながら自分のくつ箱をのぞく。やはりそこに上ぐつはなかった。由奈《ゆな》たちの手でとっくに処分《しょぶん》されてしまったのだろう。

何度もかくされたあたしの上ぐつ。そのたびにあたしは学校じゅうを探《さが》さなければならなかった。たいていはゴミ置き場の大きなゴミ箱に捨《す》てられているか窓《まど》の下に落ちていた。一度だけ、どうしても見つからないことがあった。あたしはしかたなく学校のスリッパで何日かを過《す》ごした。

「忘《わす》れものをしちゃいかん」

理由をきかずに担任《たんにん》はしかった。由奈《ゆな》とは五年からいっしょだったけど、六年でこの担《たん》任《にん》にかわってからいやがらせは歯止めがきかなくなった。由奈《ゆな》のとりまきのおかしそうに泳ぐ視線《しせん》を追って、あたしはようやく教壇《きょうだん》の下の上ぐつを見つけた。

つぎつぎによみがえる記憶《きおく》をふりはらい、スリッパをつっかけてママのあとを追う。

久しぶりに会った担任《たんにん》はあたしを見ると一瞬《いっしゅん》顔をしかめた。あたしはやっかいものでしかないらしい。ママのほうだけを見て、担任《たんにん》は事務的《じむてき》に話しはじめた。

「○月○日○時面接《めんせつ》ですから絶対《ぜったい》に遅《おく》れないでいってください」

つぎつぎに書類がわたされる。

「くれぐれも記入もれのないように。あちらには相当無理をいってたのみこんでいるんですから」

恩着《おんき》せがましい口調だ。

「バス通学になります。お宅《たく》は母子家庭ですから運賃《うんちん》はかからないと思いますが」

とがめるようにいう。

面接《めんせつ》？　バス通学？

なんのこと？

わけがわからずにいると、最後に一枚《いちまい》の紙が机《つくえ》に置かれた。

「入学通知書です」

見るとそこにあたしの名前ととなり町の中学の名前が書いてある。

〈えっ、ちがってる……〉

あたしは事態《じたい》がよくのみこめていなかった。

「それじゃあぼくは会議がありますので。荷物をまとめたらお引きとりいただいてけっこうですから」

いすから立ちかけて担任《たんにん》は、

「亜梨沙《ありさ》さんにはお母さんからもよくいっておいてくださいよ。もし向こうの学校でこんなことがあったら、こんどは警察《けいさつ》行きですよ」

そういうと出ていった。

卒業式なんて言葉は、一度も出てこなかった。


「なに？　これ」

あたしは最後に置かれた紙を指さしてきいた。

「四月からここに通うのよ」

だるそうなママの声。

「なんで？」

ママは答えず立ちあがる。

「車で待ってるから荷物もってきて」

しゃっしゃっと引きずるような足音が遠のいてく。足音がぷつんととぎれると教室の無音があたしを包んだ。まるで海の底にひとりしずんでいるような気がした。飲みこんだ食べものがゆっくりと消化されていくみたいにようやく事態《じたい》があたしのなかに落ちてきた。

〈あたし追いはらわれるのか……〉

こっちからあっちへぽいって……。

ぼんやりと冷たいコンクリートの天井《てんじょう》を見あげる。

どうしていつもこうなっちゃうんだろう。

幼《おさな》いころからあたしをとりまく暗いスパイラル……。

耳の奥《おく》から保育所長《ほいくしょちょう》のヒステリックな声がきこえてくる。

「亜梨沙《ありさ》ちゃん、またやったの？　弱いものいじめはだめっていったでしょ。そんなことやってるといまに誰《だれ》も遊んでくれなくなるわよ」

弱いものいじめ？

年下の子に外国人だとはやしたてられた。

砂《すな》をかけられつきとばされても、あたしはなにもしちゃいけないの？

ダブル？

いつだったか一度だけ、ママにきいたことがある。

そのときめずらしく機嫌《きげん》のよかったママは、

「なにそれ。ハハッ。ない、ない」

涙《なみだ》が出るほど笑いこけた。

あたしが記憶《きおく》のスパイラルに引きこまれていると、目の端《はし》でなにかがゆれた。

ぶらんぶらん、なにかがさかんに手まねきしている。

窓《まど》を見る。

大きな木が窓《まど》をふさいでいる。木にはたくさんの房《ふさ》がぶらさがっていて、それがいっせいに風にゆれ、おいでおいでをしているのだ。

引きよせられるように窓《まど》に立つ。

〈こんな木あったっけ？〉

六年になってこの教室に移《うつ》ってから半年ちかくを過《す》ごした。なのにぜんぜん気づかなかった。

〈そういえば木どころじゃなかったんだ……〉

あたしはまじまじと木をながめた。

雪どけが早かったとはいえ、芽吹《めぶ》くにはまだ早すぎる。まわりの木はみな寒さに身をすくめ、骨《ほね》のような枝《えだ》を空につきたてている。なのにどうしてこの木だけ、お祭り騒《さわ》ぎみたいにたくさんの房《ふさ》をぶらさげているのか。

ちかちかと房《ふさ》のなかになにかが点滅《てんめつ》する。目をこらすとそれは、ぽちっと小さなピンクだった。

〈なに？〉

あたしは房《ふさ》のなかに見えかくれするピンクをじっと見つめた。ぽやぽやの毛のようなものをまとっている。もしかしたら花なのだろうか？

葉っぱも出てないのに、花？

〈変な木。順番がめちゃくちゃじゃない〉

なんだかおかしくなった。

〈こんなに小さく、こんな高いところでなんて。誰《だれ》にも見えやしないじゃない〉

花はそんなことおかまいなしに風に遊ばれあはあは笑っている。

春の気配にほど遠い薄日《うすび》のなかで、ほこらしげに自分の生命《いのち》を歌ってる。

ものみたいにぽいっと捨《す》てられたこんな日に、いちばん似合《にあ》わないピンク……。

気がつくとあの日から、いやもっとずっと前からとまったままだったあたしの心が底から激《はげ》しくゆさぶられていた。

ごわごわした灰色《はいいろ》の幹《みき》に目をはわすと中央にぶらさがっている札に「ハンノキ」と書かれていた。

〈ハンノキ?〉

ゆれるピンクと「ハンノキ」の文字は、すすけた雪どけの景色とともにあたしの目のなかに染《し》みのように残った。


私物《しぶつ》をとりだそうとロッカーを開けると、つめこまれたゴミが生きものみたいに飛びでてきた。ロッカーのなかは「バカ」「死ね」「おなじ人間か」「ダブル」、落書きがびっしりと書きこまれていた。入っていたジャージや給食エプロンはバラバラに切《き》り刻《きざ》まれている。

あたしは私物《しぶつ》を出し、ゴミをもとにもどしてロッカーのとびらをとじた。とびらを開けたことを由奈《ゆな》たちに知られるのはいやだった。

「星亜梨沙《ほしありさ》」

とびらにはられたネームプレートが目に刺《さ》さる。

あたしは力まかせにネームプレートをはぎとった。

「星亜梨沙《ほしありさ》」なんかもうどこにもいない。

私物《しぶつ》といっしょにゴミ置き場のゴミ箱にネームプレートを投げこむと、あたしは小学校をあとにした。

数日たって、ママはまたあたしを車に乗せた。

車は記憶《きおく》のない道を進む。となり町をぬけ、つぎの町ももうとぎれそうなところでエンジンはようやくとまった。

その建物はなんの変哲《へんてつ》もないクリーム色の四角い箱だった。入口に伊崎《いざき》中学校と書いてある。

ママは受付で名前をいった。元気のいい若《わか》い女の事務員《じむいん》が出てきて、きんきん耳障《みみざわ》りな声をたてて会議室に案内した。

いすに腰《こし》かけ待っていると、中年の男と三十代くらいの女が入ってきた。意味もなくニコニコした男は教頭だと名乗った。肩《かた》のところでぱっつり切った髪《かみ》、どこにでもある紺《こん》のスーツ。これといった特徴《とくちょう》のない女は一学年担当《たんとう》の上村《うえむら》といった。

主に教頭が話し、上村はだまっていた。

話の中身はほとんどわからなかった。

制服《せいふく》は○○商店か○○屋で。もし利用したければ卒業生が置いていった制服《せいふく》もあるので。というところで、あたしは急に現実《げんじつ》をつきつけられた。

〈あたし、ここに通うんだ〉

学校なんて……。勝手に「くるな」といっといて、こんどはこんな遠くの中学に通わせようとしている。おしこめたなにかが胸《むね》の底からせりあがってきて、あたしは思わず顔をあげた。

とたんに、特徴《とくちょう》がないと思った女の鋭《するど》く光る目とまともにぶつかった。ぶらんぶらんと遊ばせていた自分の足ばかり見つめていたからわからなかったが、女はたぶん最初からあたしを見ていた。めぐらすバリアをつきやぶりいまにもズカズカッと侵入《しんにゅう》してきそうな目だ。女に由奈《ゆな》が重なる。

〈いやなやつ〉

存在《そんざい》を消されたあたしは、もう失うものなんてなにもない。好き勝手に生きてやる。誰《だれ》のいうこともきくもんか。自分の思うとおりに生きてやるんだ。あたしは女をにらみかえすと、ぷいっと横を向いた。

話は一時間ほどで終わった。

最後までからまってくる女の目が気になったが、

〈もう絶対《ぜったい》にがまんなんかしない。みんなはねかえしてやるんだ〉

あたしは胸《むね》のなかでくりかえした。

学校を出ると、ママは学校横の坂をぐいんとのぼった。つきあたりを左に進み、コンビニを通りすぎてすぐ横にあるバス停をあごでしゃくった。

「ここ」

どうやらここがあたしのおりるバス停らしい。

場所だけ教えてママはすぐに車を走らせた。

少しいくと住宅街《じゅうたくがい》がとぎれ、とつぜん赤い三角屋根のサイロが見えてきた。とりのこされたような古いサイロからは落葉松《からまつ》の防風林《ぼうふうりん》がのび、その向こうにぽっかりと草地が広がっている。奥《おく》に家と牛舎《ぎゅうしゃ》らしい建物があるからどうやらそこは牧場のようだ。防風林《ぼうふうりん》かすけて、遠くに海が見える。

サイロを左に折れるとゆるやかにくだる一本道がつづいていた。誰《だれ》も通らない、しーんとした道だった。坂をくだると、また中学校前の通りに出た。結局、学校をぐるっと一周して帰ってきた。

四月になった。入学式の朝、ママはしぶしぶバスに乗った。入学式に出席なんてママにはめずらしい。おまけにいっしょにバスに乗っている。最初だからつきそおうなんてやさしさはママにはないから、駐車場《ちゅうしゃじょう》は混《こ》むとか駐車場《ちゅうしゃじょう》とバス停の距離《きょり》が変わらないとかそういう理由にちがいなかった。

門をくぐると「伊崎《いざき》中学校入学式」と書かれたばかでかい看板《かんばん》が、せまい玄関《げんかん》にきゅうくつそうにかかっている。

玄関《げんかん》は真新しい制服《せいふく》に身を包んだ生徒たちが親とセットであふれかえっていた。

ママはあたしを置いてさっさと式場の矢印を目指していく。あたしはどこの誰《だれ》ともわからないおさがりの制服《せいふく》を着て、誰《だれ》のかわからない上ぐつを床《ゆか》に投げだす。結局、ママは制《せい》服《ふく》のサイズ合わせにあたしを店に連れていくのがめんどうだったのだ。

玄関《げんかん》のくつ箱の横にクラス名簿《めいぼ》がはってある。

あたしは一組だ。

自分のくつ箱を探《さが》す。

「星亜梨沙《ほしありさ》」

くつ箱にはられた名前が目に飛びこんでくる。存在《そんざい》がないのに、名前だけがついてくる。

あたしはネームプレートをはがしたい衝動《しょうどう》にかられた。

ふりはらうように腰《こし》までのばした髪《かみ》を乱暴《らんぼう》にかきあげる。髪《かみ》はのばしたくてのばしているわけじゃない。美容室代《びようしつだい》をもらえないからしかたない。結果的にママとおなじ髪型《かみがた》、ということがいつもあたしを苦しめた。

〈誰《だれ》？〉

〈誰《だれ》？〉

まわりからひそひそ声がきこえてくる。華《はな》やいだなかで、あたしだけ玄関《げんかん》の看板《かんばん》みたいにその場の空気からはみだしていた。

一年の教室は二階に三クラスならんでいた。一組に足を踏《ふ》みいれると薄暗《うすぐら》い石の倉庫のような、ひんやりとした空気が肌《はだ》にふれた。

学校は半年ぶりだ。あたしは暗闇《くらやみ》からいきなり引きずりだされたモグラみたいに、身体《からだ》じゅうに刺《さ》さる光の痛《いた》みにたえていた。

〈あの子なんでここにいるの？〉

クラス全員の視線《しせん》があたしに刺《さ》さってくる気がした。

〈どうせまたおなじ。ここにも居場所《いばしょ》なんかないんだ〉

あたしは自分の学校生活がそう長くはつづかないことを知っていた。

小学校から持ちあがったかたまりが、あちこちで縄張《なわば》りを主張《しゅちょう》するみたいに黄色い声をあげている。

ほどなくしてひとりの女が入ってきた。

肩《かた》のところでぱっつり切った髪《かみ》、さえない紺《こん》のスーツ。この前教頭の横にすわっていた女だった。

教壇《きょうだん》にのぼると女はいった。

「担任《たんにん》の上村育子《うえむらいくこ》です」

上村は出席簿《しゅっせきぼ》を片手《かたて》に、ひとりひとり確認《かくにん》しながら名前を呼《よ》びはじめた。女子の終わりのほうであたしが呼《よ》ばれた。

「星亜梨沙《ほしありさ》さん」

声が出なかった。

〈星亜梨沙《ほしありさ》なんかもういない〉

「星さんっ」

上村の声が容赦《ようしゃ》なくひびく。クラスの空気がぴーんと張《は》りつめた。

皮肉なものだと思った。存在《そんざい》がないはずのあたしは、このままだまっていれば誰《だれ》より先に存在《そんざい》が明らかになる。最初から目立ってしまうのはめんどうだった。

〈いまはまだ、その他おおぜいに埋《う》もれていたほうがいい〉

あたしはしかたなく喉《のど》の奥《おく》にからまった声をしぼりだした。

「はい……」

声が出ていった先をちらりと見ると、上村の光る目とぶつかった。ズカズカと人の心に踏《ふ》みこんでくる目だ。あたしは大急ぎでその目を視界《しかい》から追いだした。

上村は名前を呼《よ》びおえると、

「しばらく待っていてください」

時間調整のために出ていった。

クラスは二十七人。女子のほうが多い。

入学祝いに携帯《けいたい》を買ってもらったただのうちは買ってくれないだの、いつまでもつづく意味のない話をきいているだけで気分が悪くなった。

そのときへらへらした感じの男の子がポケットに手をつっこんで近づいてきた。入学に向けて、あわてて黒く染《そ》め直したのがまる見えの頭だ。

「おまえ、すっげぇスタイルいいな。もしかしてモデルとかやってんの？　ダブル？」

土門航太《どもんこうた》だ。

「なんでここにいるの？」と先にきかないのはおかしいけど、よりによっていちばんいってほしくないことをいう。

あたしは無言でにらみつけた。

「こわっ」

航太は首をすくめ、すぐにいってしまった。

〈誰《だれ》もあたしにさわるな……〉

ぴたりと心をとざし、あたしはクラスの底にひっそりとしずみこんだ。

入学式は屋根の鉄骨《てっこつ》がむきだしになった体育館でおこなわれた。春だからもう暖房《だんぼう》は入っていない。あたしの住んでいる町とそんなに距離《きょり》ははなれていないのに、この学校の寒さはひどくこたえた。

名前を呼《よ》ばれしぶしぶ立ったけど、ほかのいっさいのものは耳に入らなかった。あたしは式のあいだじゅう、なにかに逆《さか》らうみたいに天井《てんじょう》のむきだしの鉄骨《てっこつ》を見あげてた。ステージと天井《てんじょう》のすきまに、「明日に向かって羽ばたこう」という派手《はで》に装飾《そうしょく》された文字がはってある。

明日？

明るい日……。

なにが明日だ。あたしには明日なんか一度もなかった。

あたしにとって明日はいつだって暗い日。そう、暗日《あした》。

いままでも、いまも、これからだって暗日《あした》がつづくだけ。

暗日《あした》、暗日《あした》、暗日《あした》……。

翌日《よくじつ》からバス通学が始まった。半年間ママといっしょの空間にいてその重さにおしつぶされそうになっていたあたしは、家から出られるならどこだっていいと思った。

家のそばのバス停から二十分ゆられコンビニ横でおりる。

坂をくだって学校に着き、六時間ただそこにいるだけの時間を過《す》ごす。バス停からバス停のあいだを、あたしは意思をもたない振《ふ》り子《こ》のように往復《おうふく》した。

慣《な》れてくると牧場前の道を選んだ。サイロを左に折れだんだら坂をくだる。少し遠まわりだけど、人も車も通らないしーんとした道を歩くとほっとした。

授業《じゅぎょう》

勉強はわからなかった。

もともと勉強は好きじゃない。

横文字の本がずらりとならぶママの部屋の前で、あたしはいつも立ちすくむ。本に埋《う》もれているママといっしょに部屋全体があたしを拒絶《きょぜつ》しているように思える。

勉強はすぐにママとつながった。だからあたしは勉強をすることができなかった。成績《せいせき》はいつも最低ライン。そのうえ半年も学校にいかなかったのだから授業《じゅぎょう》についていけるわけがなかった。

〈自分からいかないっていったわけじゃない。くるなっていわれたんだ〉

忘《わす》れていた怒《いか》りが頭をもたげる。

あたしは授業《じゅぎょう》のほとんどを寝《ね》て過《す》ごすことにした。高校にいきたいわけじゃない。中学出たら働いて家を出る。それしか考えていなかった。ママはこれ以上あたしにお金をかける気なんかない。あたしにとって勉強は、意味がなかった。

教師《きょうし》にあてられても完全に無視《むし》した。ほとんどの教師《きょうし》はすぐにあきらめてあたしの上を素通《すどお》りした。

〈それでいい〉

あたしは満足した。

でも、上村《うえむら》はあきれるほどしつこかった。


「ハンノキのそれでも花のつもりかな」


国語の時間、上村は板書した小林一茶《こばやしいっさ》の俳句《はいく》を読みあげた。

「今日はこの句《く》について学ぶわよ」

〈ハンノキ……？〉

ききおぼえのある言葉にあたしは思わず顔をあげた。

黒板に写真パネルがはられている。

「この句《く》を理解《りかい》するにはまずハンノキを知らなきゃね」

上村は授業《じゅぎょう》になると急にスイッチが入って、特徴《とくちょう》のない顔にぱっと灯《ひ》がともる。ふだんとは別人だ。このギャップはいったいなんなのだろう。

「ハンノキは雌雄同株《しゆうどうしゅ》、つまりひとりで実を結ぶことができるの。このおばけみたいにたれさがってるのが雄花《おばな》で、その根もとについてる小さなピンクが雌花《めばな》よ」

〈えっ〉

雪どけの色のない世界……房《ふさ》のなかから点滅《てんめつ》していた小さなピンク。あの日の光景がまざまざと目の前に広がる。ほんの数週間前、あたしの存在《そんざい》が葬《ほうむ》られたあの日小学校の窓《まど》から見た木にちがいなかった。

〈なんで？　まさか上村……知ってた？　あたしがハンノキを見てたこと〉

一瞬《いっしゅん》思った。

でも、

〈そんなことあるはずない……〉

混乱《こんらん》するあたしにかまわず上村はつづけた。

「ピンクの花は一年に二日か三日しか咲《さ》かないから出会うのは奇跡《きせき》にちかいわ。もし一茶《いっさ》が雌花《めばな》を見てたとしたらステキだけど、でもたぶん雄花《おばな》ね」

〈奇跡《きせき》……?〉

あたしはあらためて黒板の雌花《めばな》を見た。

あのとき自分が置かれた状況《じょうきょう》と奇跡《きせき》という言葉が、どうしても結びつかなかった。

〈こんなに早く、また出会うなんて……〉

上村はつづけた。

「それでも花のつもりかな。この雄花《おばな》、よく見ると小っちゃい花が集まって房《ふさ》になってるでしょ。雌花《めばな》といい雄花《おばな》といい、見ようとしなければけっして見えない花ね」

〈たしかに〉

「最近は花粉に悩《なや》まされる人も多いようだけど、でもハンノキはね、立ってるだけでその土地を豊《ゆた》かにすることができるのよ。根に根粒菌《こんりゅうきん》というのをもっていてね、土壌《どじょう》を改良する力があるんだって。だから川や沼地《ぬまち》、やせ地なんかによく植えられるの」

〈そういえば小学校の横、川だった〉

「雌花《めばな》はこんな実がなるのよ」

上村の手には松ぼっくりに似《に》ているけど、とても松ぼっくりとはいえない小さな実が握《にぎ》られていた。机《つくえ》から机《つくえ》にわたされてきたそれは、まぎれもなくあのとき見たピンクの花のかたちをしていた。

「かわいそうよね。沼地《ぬまち》ややせ地に捨《す》てておかれるなんて。それでもひっそりと実を結び、気づいたらいつのまにかまわりを豊《ゆた》かにしている。いいわね、そんなふうに生きられたら」

誰《だれ》にいうともなしに、上村がぽつんとつぶやいた。

〈……〉

一瞬《いっしゅん》遠い目をした上村は、なにかをふりはらうようにつづけた。

「良質《りょうしつ》な炭がとれるし、鉛筆《えんぴつ》の材料でもあるわ。染料《せんりょう》になったり薬になったり、そうそう、ミドリシジミっていう蝶《ちょう》を育てる木でもあるのよ」

〈もういい……〉

あたしは耳をふさぎたかった。

「バカ」「死ね」「ダブル」、ロッカーにびっしり書かれた落書きがよみがえる。切《き》り刻《きざ》まれたジャージとつめこまれていたゴミ。色をもたない雪どけの世界と目のなかに残った小さなピンク。

「こんどこんなことがあったら警察《けいさつ》行きですよ」

投げつけられた担任《たんにん》の声が、上村の声とハウリングする。

あたしはいっきに暗いスパイラルに引きこまれた。渦《うず》のなかから由奈《ゆな》の高笑いがきこえてくる。

黒板に書かれたハンノキの句《く》があたしのなかですりかわる。

「星亜梨沙《ほしありさ》それでも人のつもりかな」

ははははは　はははは

「ダブル、ダブル、ダブルッ」

いっせいに笑うとりまきの向こうに、無表情《むひょうじょう》なママの顔があった。

ハンノキの
それでも花の
つもりかな

〈やめて、もうききたくない〉

上村はおかまいなしにつづける。

「アイヌの人たちはケネの木といって忌《い》み嫌《きら》ったようね。ケネっていうのは、血のことよ」

〈えっ？〉

「この木、切ると幹《みき》から血のような汁《しる》を出すのよ」

あたしは思わずパネルを見直した。

〈血……？〉

あたしはなぜか、ほっとした。あんな場面で出会った木は、ちょっとくらい呪《のろ》われているほうがいい。それに、それって生きている証拠《しょうこ》じゃない。血はなによりあたたかいし。

「反対にヨーロッパのケルト民族では神の木としてあがめられているわ。いろいろあるけど、そろそろ一茶《いっさ》の句《く》にもどるわよ。はい、ノートに書き写して」

上村は黒板につぎつぎに句《く》を書きはじめた。

我《われ》と来て遊べや親のない雀《すずめ》

雀《すずめ》の子そこのけそこのけお馬が通る
やせがえるまけるな一茶《いっさ》これにあり
やれ打つな蝿《はえ》が手をすり足をする
ぬすませよ猫《ねこ》も子ゆへの出来心《できごころ》
うつくしや障子《しょうじ》の穴《あな》の天《あま》の川《がわ》

むずかしい漢字にはふりがながふってあるからあたしでも読めた。

〈親のない雀《すずめ》……やせがえる……〉

文字がチカチカと目に刺《さ》さってくる。

〈まるであたしじゃない……〉

親はいるけどいないのとおなじ。それに、やせてるし。

なんだかはずかしめを受けているような気がした。

「今日は一茶《いっさ》がどういう人であったかは説明しないわ。この六つの句《く》を読んであなたたちひとりひとりが想像《そうぞう》してちょうだい。それから『ハンノキのそれでも花のつもりかな』を考えて」

句《く》の解釈《かいしゃく》が始まった。

窓《まど》ぎわのあたしは、きくとはなしに窓《まど》の外を見ながらきいていた。みんながつぎつぎに答えていく。

「とても花には見えないのに、自分だけ花のつもりでいるハンノキがおかしかったんだと思う」

「きれいじゃないけど花だっていうところが変だと思ったんだと思う」

教室がこんな意見に落ちつこうとしたとき、ろうか側にすわっていた大友美有《おおともみう》がいった。ゆるくウェーブのかかったショートの髪《かみ》、いかり肩《がた》。美有はいつもひとりでいることが多かった。

「私《わたし》はそうは思わない」

「えっ」

クラスの視線《しせん》がいっせいに美有に集まる。

「たぶん……どう見ても花には見えないのに、それでもけんめいに咲《さ》いているハンノキがかわいかったのよ」

「えっ、なぜそう思うの？」

上村がきいた。

美有は黒板を指していった。

「これを見ると、一茶《いっさ》は人をばかにしたりからかったりする人じゃないもの。〈親のない雀《すずめ》〉も〈そこのけ〉も、〈やせがえる〉も〈蠅《はえ》〉も〈ぬすませよ〉だって生きものに対するやさしい気持ちがあふれてる。そんな人がたとえ花には見えなくても、いっしょうけんめい咲《さ》いているハンノキをばかになんかしないと思うわ」

あたしは大友美有の横顔をぬすみ見た。ふだんは目立たないのに自分の意見をしっかりもっていることにおどろいた。教室の意見がほぼ決まりかけているのに淡々《たんたん》とべつな意見を述《の》べる勇気におどろいた。美有が自分よりずっと大人に見えた。

「へえ。じゃ、ちょっと整理するわよ」

上村は黒板に書いた。

A　花じゃないのに、花のつもりでいるのが
おかしかった。

B　花じゃないけど、花のつもりでいっしょうけんめい咲《さ》いているのが
かわいかった。


書いてしまうと、上村はまた質問《しつもん》にもどった。

「どっちかな？　星さん、あなたはどう思いますか」

〈えっ？　なに、いきなり〉

あたしはうろたえた。

〈こいつ、やっぱり最初から仕組んでた？〉

いつものように寝《ね》ていなかったことを後悔《こうかい》した。ハンノキにつられて寝《ね》るのをすっかり忘《わす》れてた。もっとも上村は、寝《ね》ててもきいてくる。あたしは窓《まど》の外を向いたままだまっていた。上村はつかつかとあたしのところにやってきて質問《しつもん》をつづけた。

「A、花じゃないのに花のつもりでいるのがおかしかった。B、花じゃないけど花のつも

りでいっしょうけんめい咲《さ》いているのがかわいかった。どちらだと思いますか？」

「……」

「星さん」

いやな女だ。あたしにかまうな。あたしは、存在《そんざい》を消されたんだ。もう、星なんかじゃない。

それに……血がふきだしていた。一茶《いっさ》の句《く》とハンノキが自分でも気づかなかった傷口《きずぐち》のかさぶたをはがし、あたしの木からどくどくと血が流れていたのだ。

「AとBどちらだと……」

バンッ
あたしはいきなり机《つくえ》に手をついて立ちあがり、そのまま出口に向かった。

教室は一瞬《いっしゅん》しーんとなった。みんな息をのんであたしを見ている。出口に近い原口知香《はらぐちちか》は、教科書を胸《むね》にかかえ大きく飛びのいていた。

〈誰《だれ》もわかってなんかくれない〉

あたしのなかでうずくまっていたなにかが、外に向かっていっきに流れだしていた。

上村はすばやくみんなに自習をいいわたし、すぐにあとを追いかけてきた。

あたしはろうかを乱暴《らんぼう》に踏《ふ》みならし、玄関《げんかん》へ向かう。このまま学校を出ていくつもりだった。一度ふきだしたなにかは、自分でもうとめようがなかった。

〈これで終わりだ。なにもかも……〉

うしろをついてきているはずの上村は、不思議に静かだった。あたしは背中《せなか》で上村の気配をさぐった。あちこちの教室から教師《きょうし》が飛びだして加勢《かせい》しようとする。でも上村はそれをみんな断《ことわ》っていた。

〈へえ、ひとりでやる気？　それともただのはったり？〉

あと一歩で玄関《げんかん》というところで、上村はようやく口をひらいた。

「待ちなさい」

望むところだと思った。このままなにもいわれず出ていったら気持ちのやり場がない。

あたしは最後に思いっきりわめいてやろうとふりむいた。

そのとたん、あたしの身体《からだ》はものすごい力で玄関《げんかん》横の理科室におしこまれた。

〈えっ？〉

上村はあたしをおしこむと、すばやくうしろ手で戸をしめた。

〈密室《みっしつ》にした……〉

思いながらあたしは叫《さけ》んだ。

「痛《いた》いっ、なにするんだ。あやまれ！」

上村は妙《みょう》に落ちついた声でいった。

「そっちがあやまったらね」

「なんであたしがあやまらなきゃなんないんだ。あんたがしつこいからでしょ。あんたが悪いんだ。あやまれったら、あやまれっ」

気がついたらあたしは、「あやまれ」を連発していた。上村にいっているのか由奈《ゆな》にか、ママになのかもうわからなかった。

あたしはそのまま上村につかみかかっていった。ただはずされるだけの人生、これからもずっと暗日《あした》がつづくだけ。そんな人生さっさと壊《こわ》してしまえ。

手加減《てかげん》せずにこぶしをふりあげる。そのなかの何発かは鈍《にぶ》い手ごたえを感じた。もみあいがつづく。

上村の力は予想以上に強かった。あたしはいつのまにか床《ゆか》に転がされ、上村はあたしの上に馬乗りになっていた。スカートのすそからのびた足がむきだしになっている。でも、両手を封《ふう》じられてどうすることもできない。あっさりと組みしかれてしまうやせっぽちの自分がうらめしかった。

〈なぐられる！〉

直感的に思った。すぐに覚悟《かくご》を決めたが、わめくのだけはやめなかった。最後まで抵抗《ていこう》だけはしてやるんだ。

「あんたに、なにがわかるんだっ」

上村はやっぱり落ちつきはらっていった。

「ああ、わからないよ。そっちも私《わたし》の気持ちがわからないだろ？　おなじだよ。人の気持ちなんて、誰《だれ》にもそう簡単《かんたん》にわかるもんじゃない。自分だけがわかってもらおうなんてあまえるんじゃないよ」

〈へっ？〉

と思った。過去《かこ》に受けた数々の説教にはなかった台詞《せりふ》だ。なんだ、この女。しかもこの言葉づかい。それでも教師《きょうし》？　教師《きょうし》がこんなことをいっていいの？　それに……

〈おなじなんかじゃない。おなじなわけない。あたしがどんな思いでここまできたと思ってるんだ〉

でもあたしは、喉《のど》もとまで出かかった言葉をのみこんだ。いってしまえば弱みをさらすことになる。死んでも本音はいいたくなかった。

考えているあいだにふっと自分の身体《からだ》が浮《う》いた気がした。見ると、いつのまにか上村があたしからおりている。

〈えっ？〉

拍子《ひょうし》ぬけした。

〈なんで、なぐらない？〉

あっけなく解《と》き放《はな》たれたあたしは、ばつ悪くスカートのすそを直した。

〈ということは、これから長くてくどくて陰湿《いんしつ》な説教が始まるんだ〉

過去《かこ》の記憶《きおく》があたしにそう教えていた。

でも、上村はいった。

「髪《かみ》直して教室にもどりなさい」

「……」

あたしの予想は、またもやはずれた。

入学してからずっとこの調子だ。これといって特徴《とくちょう》がないと思った上村の言動は、ことごとくあたしの予想を裏切《うらぎ》った。上村は、あたしにとっていまいちばんやっかいな相手だった。

〈ふん、これで負けたわけじゃないからな。今日はおとなしくしてやるだけだ〉

あたしは組みしかれた屈辱《くつじょく》を、服についたほこりといっしょにぱんぱん払《はら》いながら教室へ向かった。

ヒューヒュー
途中《とちゅう》、授業《じゅぎょう》中の教室からげびた笑いや口笛があがる。

あたしは檻《おり》のなかの猿《さる》みたいな群《む》れを横目できっとにらみつけた。

「それじゃあ、このつぎはヒントとしてもう少し一茶《いっさ》の句《く》を紹介《しょうかい》します。それからレポートを書いてもらうわ。題は『私《わたし》が考える小林一茶《こばやしいっさ》』。あなたたちが、それぞれ自分で一茶《いっさ》を考えるのよ」

授業《じゅぎょう》にもどった上村の口の端《はし》にうっすらと血がにじんでいた。

あたしは頬杖《ほおづえ》をついたまま、ぷいっと窓《まど》の外を見た。

コンビニ

その日、牧場前の坂をのぼる気になれず学校横の坂を通ってバス停に向かった。あたしのあとを土門航太《どもんこうた》がついてくる。

「おまえ、すっげえな。ウエムラなぐったろ。やるぅ」

航太の頭は入学のとき黒く染《そ》めたのがはげて、ところどころとうきび色になっている。

航太は両手をポケットにつっこみ、ひょんひょんはねながらいつまでもついてきた。

「なあ、教えろよ。どうなのよ」

上村《うえむら》との一部始終をなんとかききだそうとする。あたしは無視《むし》して歩く。

あたしが答えないので、いうことがなくなった航太がついに地雷《じらい》を踏《ふ》んだ。

「おまえ、絶対《ぜったい》モデルとかやってんだろ。ダブル？」

〈こりないやつ〉

あたしはピタリと立ちどまり、航太をにらみつけた。

「こおわっ」

航太は肩《かた》をすくめ薄《うす》っぺらい紙みたいにひゅーっと飛んで、バス通りを右に折れていってしまった。

航太の背中《せなか》をにらみながらあたしは左に折れ、バス停に向かう。
パンッ　パンッ
コンビニの手前で破裂音《はれつおん》がした。思わずコンビニと隣家《りんか》の薄暗《うすぐら》いすきまに目をやる。頬《ほお》をおさえた若《わか》い女が背中《せなか》を向けていた。女の向こうで太った男が腕《うで》をふりあげている。ゆるくウェーブのかかった髪《かみ》、いかり肩《がた》。コンビニの制服《せいふく》を着たそのうしろ姿《すがた》はどこか見覚えがあった。
男はあたしに気づくと、あわてて通用口から姿《すがた》を消した。理科室で上村に組みしかれた屈辱《くつじょく》が反射的《はんしゃてき》によみがえる。

ふいに女がうしろを向いた。あたしは息をのんだ。つららのようにとがった目が、まっすぐにあたしを見た。大友美有《おおともみう》だった。

あたしは縛《しば》りつけられたみたいにそこから動けなかった。

〈なにさ、そんなこと誰《だれ》にだってよくあることじゃない〉

自分にいいきかせる。

あたしを認識《にんしき》したのかしないのか、美有は頬《ほお》をおさえたまま前を向くと男が消えた通用口にすうっと吸《す》いこまれていった。

コンビニの前を通りすぎるとき、ちらと店内をのぞく。さっきの大男がコンビニの制服《せいふく》を着て、何食わぬ顔でレジに立っていた。美有の姿《すがた》はなかった。

〈なんだってあんなとこ見ちゃうんだろう〉

あたしは自分の間の悪さを呪《のろ》った。

胸《むね》にとがった美有の目をはりつけたままバスに乗る。

後部座席《ざせき》にしずみこむが、コンビニと理科室の場面が交互《こうご》に浮《う》かんで頭からはなれない。

あたしはたえきれずに、いつものバス停よりかなり手前でおりてしまった。スポーツ公園をぬけ大型スーパーの横を通り、商店街をひたすら歩いてアパートにたどり着く。部屋に入るなりカバンを放りだし、制服《せいふく》のままごろんと床《ゆか》に転がった。なにもする気がおきない。じりじりと夜に向かって時間が流れていく。小さいころからずーっと見慣《みな》れた天井《てんじょう》の染《し》みがあたしをにらんでる。

ふりあげられた男の太い腕《うで》、美有の凍《こお》った目。

その光景は、あたしに皮膚《ひふ》が粟立《あわだ》つような記憶《きおく》を思いおこさせた。

〈そういえばあの男、あのときの店主に似《に》てる……〉


四年のときだ。

つきでた腹《はら》のせいでずり落ちたズボンをサスペンダーでつってる店主は、客に見せるニタニタ顔とは打って変わって猛々《たけだけ》しい顔をしていた。

「蛍光《けいこう》ペンと定規《じょうぎ》。ほかにないかっ」

ぎらついた目は獲物《えもの》をねらうハンターのようだった。

「おまえ、初めてじゃないなっ」

「……」

「年と名前をいえっ」

「……」

「なんだその目は。子どものくせに強情《ごうじょう》なやつだ」

いうなり店主は受話器を持った。

ほどなくして、警官《けいかん》がふたりやってきた。

店主が吠《ほ》えるようにいう。

「親の顔が見てみたいもんだ。このガキ、ろくな人間にならんぞ」

あたしは思わずそこにあった文鎮《ぶんちん》をつかみ、投げつけようとした。あたしの手は、白髪《しらが》頭の警官《けいかん》にがしっとつかまれた。

交番に連れていかれると、警官《けいかん》たちは妙《みょう》にやさしかった。でも、その裏《うら》に蔑《さげす》みと哀《あわ》れみがひそんでいるのをあたしは知っていた。

「ほしかったのか？」

薄笑《うすわら》いを浮《う》かべながら若《わか》い警官《けいかん》がきいた。

〈ちがう。何度いってもママはお金をくれない。図工でつかうんだからしかたないじゃない〉

あたしは心のなかで叫《さけ》ぶが、口には出さない。

なぜだかそれきり理由はきかれなかった。

「食べろ」

白髪《しらが》頭の警官《けいかん》が夕食にそばをとってくれた。

あたしは食べなかった。

「のびてしまうぞ、さっさと食え」

お腹《なか》がみっともない音をたてても、あたしはかたくなに横を向いていた。

ママはいっこうにあらわれなかった。

若《わか》い警官《けいかん》はしきりに壁《かべ》の時計を見た。しだいに貧乏《びんぼう》ゆすりが大きくなる。

夜十時ごろになって、ママはやっと姿《すがた》をあらわした。

あいかわらず能面《のうめん》みたいな顔をしている。

警官《けいかん》の説明をきいているのかいないのか、ただ機械的にうなずいている。

「なるべく早く店には謝罪《しゃざい》にいってくださいよ」

あきれたように若《わか》い警官《けいかん》がいう。

ママは書類に乱暴《らんぼう》にサインすると、あたしをあごで追いたてた。

交番を出るとき、白髪《しらが》頭の警官《けいかん》がママの背中《せなか》にぽつんといった。

「学校でつかうんだったのかもしれんな」

ママは答えず、交番を出た。

車のなかでもママはひとこともしゃべらなかった。
きっと、自分の時間をじゃまされたことにイラついているのだ。
アパートの前であたしをおろすと、
ぶぃーん

荒《あら》っぽい音をたて、そのまま職場《しょくば》へもどっていった。

あたしは冷蔵庫《れいぞうこ》のとびらを開け、残っていたハムとチーズにかぶりついた。

気がつくと天井《てんじょう》の染《し》みが暗さを増《ま》している。

今日はなんて日だ。四年のときの記憶《きおく》まで思いだしてしまうなんて。

〈ハンノキの……〉

そう、すべては上村が悪いんだ。あんな句《く》をやるからだ。床《ゆか》に組みしかれた屈辱《くつじょく》が、いっきによみがえる。あたしは、ふりはらうようにがばりと床《ゆか》から身体《からだ》をはがした。

その夜、くりかえし浮《う》かぶコンビニと理科室の映像《えいぞう》がいつまでもあたしを寝《ね》つかせなかった。

しゃっしゃっ

午前一時ちかくに帰宅したママの異様《いよう》にひびく足音を、あたしは闇《やみ》のなかでじっときいていた。ママがすべてを終え部屋のドアがパタンとしまったとき、昼間あたしの木から流れでた血はようやく涙《なみだ》に変わり目尻《めじり》をつたってまくらに染《し》みこんでいった。

翌朝《よくあさ》、寝不足《ねぶそく》のままバスに乗った。遠まわりはつらかったけど、コンビニ前を通る気にはなれず牧場の道を選んだ。

歩きはじめるとすぐうしろから呼《よ》びとめられた。

「あら、星さんじゃない？」

ふりかえると、原口知香《はらぐちちか》だった。

のばそうとしているのか短い髪《かみ》をむりやり横で結んでる。知香《ちか》はいってから〈しまった〉と思ったようだ。そのままそこにつっ立っている。

〈はじめから声をかけなきゃいいのに〉

あたしはかまわず歩きだした。

知香《ちか》は当然学校横の坂をおりていくと思っていた。ところがなぜか小走りで追ってくる。けっして運動神経《しんけい》がいいとは思えないのに、もつれそうになる足をけんめいにこいでくる。

〈昨日あんなにこわがって飛びのいてたくせに。あたしにかかわりたくないんじゃないの？〉

知香《ちか》は、はあはあと苦しそうな息できいた。

「星さん、バスで通ってんの？」

どうやらこわいより興味《きょうみ》のほうが勝ったらしい。

「……」

「いっつもこっち通るの？　なんで？　あっちのほうが近いよ」

学校横の坂を指さす。

〈なら、そっちいけば？〉

あたしはかまわず足を速めた。

知香《ちか》もあわせてスピードをあげる。

「シャープペンの芯《しん》、買ってたの」

〈きいてない〉

「今日、体育あるね。私《わたし》、体育苦手なの」

〈わかってる〉

「星さんっていいなあ。足長くて、走るの速そうね」

あたしはいやな予感がした。いってほしくないことをいわれそうだった。

知香《ちか》はつづける。

「あのコンビニ、大友さんの家よ」

「えっ」

あたしは思わず、立ちどまった。ようやくきいてもらえたと思ったのか、知香《ちか》は勢《いきお》いこんで話しはじめた。ぷっとふくらんでいる下くちびるが、いっそうつきでてせわしなく動く。

「あのレジに立ってる人がお父さんよ」

「お父さん？」

「そう。大きい人いるでしょ」

バイトかなんかでミスしてしかられたのかと思った。自分の家だったのか。

そういえば、中学生はまだバイトなんかできないか……。

美有の頬《ほお》にふりあげられた太い腕《うで》が浮《う》かぶ。

「本当の父親？」

なぜそんなことをきいてしまったんだろう。自分でも自分の問いにおどろいた。

知香《ちか》はきょとんとして、答えを探《さが》していた。

あたしはごまかすように歩きだした。

「大友さん、えらいのよ。二年前にお母さんが亡《な》くなって店の手伝いも家事も、弟さんの世話もひとりでしてるの」

知香《ちか》がうしろから追いすがる。

「……」

〈そんな美有が、なぜたたかれなきゃいけないの？〉

だんだら坂にきていた。

下りの勢《いきお》いにまかせてあたしは知香《ちか》との距離《きょり》をいっきに広げた。

知香《ちか》はあきらめたのか、もうそれ以上は追ってこなかった。

始業時間ぎりぎりに教室に入ってきた美有に、特に変わったようすはなかった。あたしと目が合っても表情《ひょうじょう》ひとつ変えない。頬《ほお》にもこれといって異変《いへん》はなかった。でもあたしには、一晩《ひとばん》じゅう頬《ほお》を冷やしつづける美有の姿《すがた》が見えるような気がした。

〈だけど……もしかしたらあれはたまたまだったのかもしれない〉

そう思う端《はし》から美有のつららのようにとがった目がむくむくと頭をもたげてくる。あたしの直感はあの目がすべてだと教えていた。

〈知るか〉

あたしはなるべく美有を見ないで過《す》ごした。美有もこっちを見なかった。

上村が入ってきた。時間がなかったのか、ろくにくしをいれていないのがすぐにわかる頭だった。昨日血がにじんでいた口の端《はし》に無造作《むぞうさ》にばんそうこうがはられている。理科室でくりひろげられた光景がよみがえる。同時に怒《いか》りがこみあげる。

〈絶対《ぜったい》、復讐《ふくしゅう》してやる〉

上村に由奈《ゆな》がまた重なった。

ホームルームを終えると、上村はそのまま国語の授業《じゅぎょう》を始めた。

あたしは板書する上村の背中《せなか》を見ながら、どうやって仕返ししてやろうかと考えた。

「まさか一茶《いっさ》の予習をしてきたえらーい人なんか、いるわけないよねー」

昨日につづいて新たな一茶《いっさ》の句《く》を書きおえると、上村はおどけた調子でいった。あたしには目もくれない。昨日のことは上村にはどうってことないらしい。

みんながノートを書きおえるのを見届《みとど》けて上村がいった。

「さあ、図書室にいくわよー」

筆入れとノートを持っていちばんに立ちあがったのは美有だった。美有の横顔は、不思議なくらい穏《おだ》やかだった。

〈変なやつ〉

あんなことがあったのに上村といい、美有といい、イラつくやつばかり。

踏《ふ》んづけた上ぐつのかかとをぱたんぱたんいわせながら、あたしはしかたなく教室を出た。もちろんノートも筆入れもなにもなし。上村の授業《じゅぎょう》なんか、まともに受ける気にならない。

階段《かいだん》をおりてみんなが図書室へ向かうのを見届《みとど》けると、あたしは用務員室《ようむいんしつ》前のろうかにさっとすべりこんだ。ろうかの先は裏口《うらぐち》につながっている。どこかで適当《てきとう》に時間をつぶして休み時間にもどればいい。用務員室《ようむいんしつ》に人の気配がないのをたしかめて、あたしは裏口《うらぐち》のドアを開けた。

〈うっ〉

いきなり風に頬《ほお》をたたかれる。

ゴールデンウィークがちかいというのにずいぶん寒い。

このあたりは北海道でも一年じゅう温暖《おんだん》な気候がつづくが、桜《さくら》が咲《さ》きはじめるころ急に寒くなる。そういうのを花冷えというらしい。たぶんよそでは短い花冷えも、ここでは夏が始まるまでずるずるつづくことがある。

このまま外にいたら風邪《かぜ》をひいてしまう。

あたしはあたりを見まわした。目の前にプレハブがある。かくれられそうなところはそこしかない。

入口に通せんぼみたいに置いてある水の入ったバケツをひょいとまたぎ、磨《す》りガラスの引き戸を開けた。

誰《だれ》もいない。

すばやくなかに入って戸をしめる。

鎌《かま》や鍬《くわ》、のこぎりなどたくさんの道具がたてかけてある。ゴミ用の大型ポリバケツの横に古い生徒用いすもある。あたしは近くにあった古新聞の束から一枚《いちまい》ぬき、いすにしいて腰《こし》かけた。

薄《うす》っぺらい鉄板のプレハブとはいえ、なかはほんのりあたたかかった。磨《す》りガラスから光も入ってくる。

あたしはほぉっと息をついた。この学校へきてから、初めて息をついた気がした。

こんな小さなとざされた空間が、あたしのたったひとつのプライバシー……。

なんだか身体《からだ》が自分の殻《から》をぬけだし、ふわりと宙《ちゅう》にただよっているような気がした。

〈これからいったい、どうなるんだろう〉

ところどころさびて波うった天井《てんじょう》をぼんやり見あげているとき、

バンッ

いきなり大きな音がして戸が開いた。

〈えっ?〉

あたしのプライバシーを打《う》ち砕《くだ》く四角い空間に、人が立っていた。

「出なさい」

上村だった。

なんで? どうしてわかったの? ここへ入ってからまだ十分とたってない。なんてやつだ。なんでいちいち、あたしの前に立ちふさがるんだろう?

「出なさい」

上村はおしころした声でもう一度いった。

あたしは動かなかった。

〈いうことなんかきくもんか〉

無言のおしあいがつづく。

先に動いたのは、上村だった。

「こないでっ」
あたしはとっさに横の棚《たな》に手をのばし、なにかをつかんだ。
上村の表情《ひょうじょう》がさっと変わる。
〈なに？〉
上村の視線《しせん》を追って目を落としたあたしは、ぎょっとなった。
あたしが握《にぎ》っていたのは、小さな芝刈《しばか》り鎌《がま》だった。
調理室での光景が一瞬《いっしゅん》でよみがえる。
ひびきわたる由奈《ゆな》の悲鳴、引きつるみんなの顔。けたたましく助けを呼《よ》ぶ教師《きょうし》の声。
〈あたし、刺《さ》そうとなんかしていない〉
誰《だれ》もあたしに理由をきかなかった。誰《だれ》ひとり。なにもいえずに存在《そんざい》を消された。
ハンノキの授業《じゅぎょう》で浮《う》かんだ句《く》が、頭のなかをかけめぐる。
「星亜梨沙《ほしありさ》それでも人のつもりかな」
ははは
由奈《ゆな》のか、ママのか、誰《だれ》のかわからない笑い声が頭のなかで渦《うず》を巻《ま》く。

〈えっ？〉

気づくと、鎌《かま》が鈍《にぶ》く光って自分に向いていた。

ぼうぜんとして刃先《はさき》を見つめていると、
バシャッ
なにかが顔にあたった。

〈ひっ〉

しびれるような感覚があたしを貫《つらぬ》く。それがなんなのかわかるまで少しかかった。髪《かみ》からぼたぼたと水がしたたっている。水は首筋《くびすじ》をつたい、するすると制服《せいふく》のなかに入りこんできた。

逆光《ぎゃっこう》の四角い空間に、バケツをわしづかみにした上村が立っていた。

つぎの瞬間《しゅんかん》上村はものすごい速さでバケツを投げすてておどりこんでくると、なんのためらいもなくあたしの手から鎌《かま》を払《はら》いおとした。

〈痛《いた》っ〉

「なにやってんのっ」

すばやく鎌《かま》をプレハブの隅《すみ》にけとばし、おそろしい顔であたしをにらんだ。

マグマが、あたしをつきあげる。

あたしは反射的《はんしゃてき》に上村につかみかかっていた。

〈負けるもんかっ。こんどこそ絶対《ぜったい》に〉

当然身をかわすと思った上村は意外にも逃《に》げず、あたしの手をがしっと受けとめた。

「はなせっ、はなせっ」

調理室であたしを羽交《はが》い締《じ》めにした教師《きょうし》の腕《うで》の感触《かんしょく》がよみがえる。

あたしは全体重をかけて上村をおしまくった。

バーン
大きなポリバケツがあたりに飛びちる。

ガーン
バランスをくずしあちこちにぶつかりながら、それでも上村はあたしの手をはなさなかった。

どのくらいそうやってもみあっていたのだろう。

あたしはつかれて、肩《かた》で荒《あら》い息をしていた。

上村はそれを見るといったんあたしをはなし、ポケットからスマホをとりだした。

〈警察《けいさつ》？〉

一瞬《いっしゅん》思ったが、かまわずわめきつづけた。

「こんなことしていいと思ってんのっ。風邪《かぜ》ひくじゃない。どうしてくれるのっ」

プレハブにあたしの声がわんわんひびく。

「騒《さわ》ぐんじゃない。またみんなに知られたいの？」

上村はあたしから目をはなさず、スマホに向かってタオルを持ってくるよういっている。

〈ふんっ〉

あたしは顔にべちゃっと張《は》りついた髪《かみ》をひきはがしながら出ていこうとした。

身をひるがえして、上村が立ちふさがる。

「どいてっ」

なんとか突破《とっぱ》しようと、あたしは身体《からだ》ごとぶつかる。

とたんに強い力でおしもどされ、あっという間に生徒用いすにおさえこまれてしまった。

〈なに？　この力〉

ふりほどこうと全力でもがきつづける。

上村はびくともしない。
どこから見てもそんなにがっしりしてはいないのに、〈体育会系《たいいくかいけい》?〉
あたしは上村が急に不気味に思えた。

タオルをかかえてすぐにやってきたのは保健《ほけん》の先生だった。栗色《くりいろ》の髪《かみ》をうしろでひとつにまとめた島本《しまもと》という教師《きょうし》は、

「なあに?　ふたりとも」

笑いながらかたい表情《ひょうじょう》の上村とあたしをかわるがわる見た。

「あらあ、たいへん」

あたしの頭にタオルをかぶせて拭《ふ》こうとする。

「さわるなっ」

いった瞬間《しゅんかん》、

「騒《さわ》ぐんじゃないっていったでしょ」

きつい声が飛んできた。あたしはもう一度上村につかみかかろうとした。

結局、割《わ》って入った島本になだめられ保健室《ほけんしつ》に連れていかれた。

「自分でやる」

というあたしに、

「いいから」

島本がドライヤーをあてる。

「きれいな髪《かみ》ね」

髪《かみ》や顔のことをいわれるのは好きじゃなかった。それは自分がママの子であることを思いおこさせた。

でも、あたしはそのときなにもいえなかった。

やわらかい手の感触《かんしょく》……。直接《ちょくせつ》心をさわられるみたいなやさしい指づかい。こんなふうにドライヤーをあてられたことは一度もなかった。

じわりと身体《からだ》の奥《おく》からなにかがやってくる。「ハンノキ」で一度血をふきだしたあたしの木は、どうやら相当弱っているらしい。闇《やみ》のなかで流れた涙《なみだ》の道をつたって、新たな涙《なみだ》が流れでそうになる。あたしはあわてて言葉を探《さが》した。

「あいつがやったんだ。上村が水かけたんだ」

「そう」

島本は答える。

「あんなの教師《きょうし》やってていいの？　暴力教師《ぼうりょくきょうし》じゃない」

ふっとドライヤーの音がやんで、まあるい色白の顔があたしをのぞきこんだ。

「それであなたは、なにをしたの？」

「……」

〈バカだった。いうだけ無駄《むだ》ってわかってたのに。教師《きょうし》なんて、みんなして生徒をいじめるだけなんだ〉

「こういうことは両方のいいぶんをちゃーんときいてみないとね」

島本がいたずらっぽく笑っていう。

そのとき、ドアが開いて上村が顔を出した。

顔を見ただけで血が逆流《ぎゃくりゅう》する。

「着替《きが》えたら、授業《じゅぎょう》にもどりなさい」

いつもどおりぶっきらぼうにいって、あたしのジャージをにゅっとつきだした。

「なんでジャージになんなきゃならないのっ」

あたしはかみついた。

伊崎中《いざきちゅう》のジャージは学年ごとに色がちがっていて、今年はあろうことかえんじ色。ぼたもちジャージって呼《よ》ばれてる。おまけにあたしのは、どこの誰《だれ》ともわかんない卒業生が残していったおさがりだ。名前だけどうやったのか「星」になっているけど、それだってあたしには余計《よけい》なお世話だった。名前なんて入れてもらいたくなかった。あたしは、体育のたびに絶望的《ぜつぼうてき》な気分になった。なのに、ふつうの授業《じゅぎょう》でひとりだけジャージなんてありえない。

「ぬれてるでしょ、上だけ着替《きが》えなさい」

「誰《だれ》がぬらしたと思ってんだっ」

ここぞとつっこむ。上村は答えなかった。

「とにかく、授業《じゅぎょう》にもどりなさい。みんなもう教室にいるよ」

いうと、さっさとドアから消えた。

「着替《きが》える?」

島本がきいた。

「やだっ」

あたしは島本からドライヤーをひったくり胸《むな》もとにつっこんで、ぬれた制服《せいふく》に風を送った。

「ほんとに風邪《かぜ》ひくわよ」

生乾《なまがわ》きのまま乾《かわ》かすのをあきらめたあたしに島本がいった。

「いい」

「じゃ送るわ」

あたしは島本の監視《かんし》つきで教室にもどされた。途中《とちゅう》、何度も逃《に》げだしたい衝動《しょうどう》にかられる。

でも、外の寒さは経験《けいけん》ずみだ。いま外に出たら、確実《かくじつ》に風邪《かぜ》をひく。

〈逃《に》げたくても、逃《に》げだすこともできない……〉

あたしは、教室のフックに引っかかったかたちのくずれた上着を思った。

〈こんなとき、あんなみっともない上着でもないよりましってことか〉

着古してくたびれた上着がなんだかあたしそのものに思えた。

ボロ切れみたいにあっちからこっちにやられてどこにも居場所《いばしょ》がない。自分を通そうとしてもいつも上村にじゃまされる。暗日《あした》、暗日《あした》……どうせ暗日《あした》がつづくだけの生きていたってしょうのない日々。あたし、なんで生まれてきたんだろう。こんなことして、どうして生きていかなきゃならないんだろう。

そう考えたとき、あたしの身体《からだ》にビカビカッと電流が走った。

〈それなら、生きていかなきゃいいんじゃない？〉

まるで一筋《ひとすじ》の光のように、それはあたしの心のすきまにすうっと入りこんできた。

〈いままでどうして気づかなかったんだろう〉

生きていたってしょうがないなら、死んでしまったっていいじゃない。

その考えはあたしを激《はげ》しくゆさぶった。存在《そんざい》を消されなにもないと思っていたあたしに、まだ「死ぬ」という権利《けんり》が残されていた。あたしのなかにいっきに光がなだれこんできた。

もしあたしが死んだら……上村はきっと、そのままではいられない。たぶん、とりかえしのつかないことをしたと思うにちがいない。たとえ島本と口裏《くちうら》を合わせていいのがれしても、遺書《いしょ》を残しておけばいい。自分がなにをされどんなに苦しんでいたかを、適当《てきとう》にでっちあげておけばいいんだ。そうすれば絶対《ぜったい》に追及《ついきゅう》される。それで上村は終わりだ。一生をつぶされる。これって、完ぺきな復讐《ふくしゅう》じゃない。あたしはそのとき初めて、誰《だれ》にもじゃまされない確固《かっこ》とした存在《そんざい》になるんだ。

あたしは自分の考えに心が浮《う》きたった。

〈でも……〉

ふたたび影《かげ》がもどる。

ママは……あたしが死んで悲しむだろうか？　いや、たぶんなんとも思わない。もしかしたら、やっかいものが消えたとよろこぶかもしれない。それに由奈《ゆな》も……。ふたりにとってあたしの死はなんの意味もないということが、あたしをあっという間に現実《げんじつ》に引きもどした。

〈思うつぼ、それでいいの？〉

「よくない」という声がどこからかきこえてくる。じゃあ、どうすれば？　あたしの思いつきはそこでぴたりととまってしまった。

でも、とにかく「死」という切り札を持っていることだけはわかった。それだけでも収穫《しゅうかく》だ。あせることはない。いつかあたしは最高のタイミングでこのカードを切ってやろうと思った。あたしにあたえられた唯一《ゆいいつ》のオールマイティ。きっとなにかいい方法が見つかるにちがいない。あたしがいたという証拠《しょうこ》をはっきり刻《きざ》みつけるなにかが。死ぬのは、そのときでいい。それまでじっくりと見ておこう。あたしを苦しめつづけたこの世というものを。

そこまで考えると、あたしのなかに不思議な安堵《あんど》が生まれていた。それはたぶん生まれてからいままで、一度も経験《けいけん》したことのない安らかさだった。

教室にもどると上村はみんなが調べた一茶《いっさ》の一生を、黒板にまとめているところだった。あたしは残り五分の教室にするりと入って、なにごともなかったように自分の席に腰《こし》かけた。

上村の背中《せなか》を見つめながら、あたしはいつのまにか口の端《はし》をゆがめて笑っていた。

島本はその後もう一度あたしを保健室《ほけんしつ》に呼《よ》びだしドライヤーをかけてくれた。おかげで制服《せいふく》はすっかり乾《かわ》いてしまった。

大友美有《おおともみう》

帰りのホームルームが終わると、上村《うえむら》がいった。

「星《ほし》さんと大友《おおとも》さんは残ってください」

〈えっ〉

説教のつづき？　じょうだんじゃない。さっさと逃《に》げようと思ったが、美有《みう》とふたりというとが気になった。

〈もしかして、昨日のコンビニの目撃証言《もくげきしょうげん》？〉

そんなわけないか。でも、なんで美有とふたり？

いい残して、上村はいったん職員室《しょくいんしつ》に引きあげていった。

〈ふん、ガードのあまいやつ〉

あたしはフックに引っかかった上着を肩《かた》にかけると、当然のように掃除《そうじ》中の教室をぬけだした。

ぬけぎわに、美有と目が合う。美有は不思議な目をしていた。つらの目ではない。非《ひ》難《なん》の目でも、蔑《さげす》みの目でもない。なんだろう、あの目。なんか、変に生ぬるい……まるで人が人を哀《あわ》れむような……えっ？　哀《あわ》れみ？

あたしは、わけがわからなかった。

〈なんでさ。たたかれたのは、あんたでしょ。しかもあたしに見られた。母親に死なれ、父親に虐待《ぎゃくたい》され、そんなかわいそうなあんたになんであたしが哀《あわ》れに思われなきゃなんないの〉

ふにおちない美有の目を背中《せなか》にはりつけたままあたしは教室を出た。考えつづけて玄関《げんかん》に向かう。でも、どうしても意味がわからない。

〈うっ〉

つっかけていた上ぐつをくつ箱に入れようとして、

そのまま手がとまった。くつ箱に紙がはられている。

でかでかと書かれた黒マジックのまるっこい字が目に飛びこんできた。

「残ってください」

板書の字とおなじだった。

〈まさか〉

あたしは反射的《はんしゃてき》に紙をめくった。外ぐつが没収《ぼっしゅう》されているのではないかと思ったのだ。とても教師《きょうし》とは思えない上村だ。由奈《ゆな》たちと似《に》たようなことをしてもおかしくない。でも、外ぐつはちゃんとそこにあった。

〈なんだ〉

あたしは紙をひっぱがしくしゃくしゃっとまるめると、くつ箱の奥《おく》にぽいっと放りこんだ。

〈変なやつ。こんなゆるい紙切れ一枚《いちまい》であたしが残ると思ってるんだろうか〉

玄関《げんかん》に投げだしたくつをはこうとしてあたしは、

〈待って……〉

と思った。

あっという間にプレハブを見つけた上村。いつもあたしの予想をこえる。その上村が、こんなにすんなりあたしを帰すかな？

〈きっとなにか、たくらんでいる〉

あたしの頭はいそがしくまわった。

このまま帰っても、あのしつこさだ。明日また、絶対呼《ぜったいよ》びだすに決まっている。そうなれば今日よりもっとめんどうなことになる。

それに……どうしても美有の目が引っかかっていた。あの目はなんだろうという思いがあたしのなかでくすぶっている。

〈めんどくさっ〉

あたしはおろしかけた足を引っこめ、くつをしまって教室に向かう。

それでもただ残るのは気持ちがおさまらなかった。あたしはどんどん音をたてて階段《かいだん》をのぼりながら考えた。

〈そうだ、くつをかくされたことにしよう。くつをかくされて、強制的《きょうせいてき》に残された。そ

うすれば、あたしの遺書《いしょ》にまた有利な材料が増《ふ》えるじゃない〉
あたしはその思いつきに満足した。
「それであなたは、なにをしたの？」
島本《しまもと》のまあるい顔が一瞬《いっしゅん》浮かんだが、あたしはそれをすぐに追いはらった。

まだ掃除《そうじ》は終わっていなかったけど、上村はもうもどっていた。あたしを見てもなにもいわない。美有がなぜか一瞬《いっしゅん》、笑ったように見えた。

〈なに？　ばかにしてる？〉

あたしは引きかえしたことをたちまち後悔《こうかい》した。

〈ちっ〉

心のなかで上村と美有に舌打《したう》ちしながら、乱暴《らんぼう》に席に着く。

美有はろうか側の席で一心になにかを読んでいた。

あっちこっちで掃除《そうじ》当番がいすをがたんがたんいわせているというのに、美有はすでに本の世界に入りこんでいた。それとなく美有を観察する。

〈なにを読んでいるんだろう〉

活字を目で追う美有の頬《ほお》は、夕日に照らされた柿《かき》みたいにふっくりとしている。よほど楽しい話らしい。黒目がちの目もとがときどきほころぶ。

〈なんだ、あいつ〉

昨日のできごとは、まちがいだったんじゃないかと思った。

〈ばっかばかしい〉

昨夜なかなか寝《ね》つけなかった自分がなんだか損《そん》した気分になった。

〈ふん〉

美有から目をはずそうとして、あたしははっとした。異変《いへん》がないと思った頬《ほお》にうっすらと二筋《ふたすじ》の線が浮《う》いて見える。

あの男の指のあとにちがいなかった。そんなあとをつけて幸せそうに本を読んでいる美有が、不気味に思えた。あたしはあわてて目をそらした。

上村があたしのところへやってきた。

「ノート出して。今日の俳句《はいく》を書き写して」

いいながら一冊《いっさつ》のノートをさしだした。

〈へっ？　説教じゃないの？〉

見ると、そこには国語の時間にまとめられた一茶《いっさ》の句《く》と一生が書かれていた。几帳面《きちょうめん》な四角い字がすきまなくならんでいる。表紙の名前を見ると美有だった。

仏頂面《ぶっちょうづら》をしているあたしに上村が追いうちをかけた。

「さっさと書く。書かないと大友さんがいつまでも帰れない」

〈なにそれ。たのんでない。勝手に借りといて、なんであたしのせいにされなきゃなんないんだ〉

そう思ったが、あたしはもういちいち怒《おこ》るのをやめていた。あたしにはいざというときたたきつけられるオールマイティがある。保健室《ほけんしつ》からの帰り、天からふってきたようにあたしを照らした死のカードがあたしに余裕《よゆう》をもたせていた。

〈いいよ、やってやる。どうせそのあと説教だ。さっさと終わらせて、さっさと帰ろう〉

そう決めると、あたしは筆記用具をとりだし美有のノートを写しはじめた。

「ていねいに書いて」

上村がいう。

〈うるさい。書くだけましだろ〉

あたしはかまわずシャープペンを走らせた。

「字には書いた人の心がでるの。字はだいじ。自分とおなじくらいだいじよ」

〈へっ〉

と思った。自分とおなじくらい？　笑わせないで。あたしはいつだってやっかいもの。じゃまにされて、とうとうこんなところに追いやられた。だいじにしなきゃならない自分なんて、いったいどこにあるのさ？　しょせん教師《きょうし》なんてこの程度《ていど》。相手とまったく関係ない自分勝手な薄《うす》っぺらい説教ふりかざしているだけじゃない。あたしは上村を見限《みかぎ》ると、さらにいいかげんに書きはじめた。

とたんに上村が飛んでくる。

「俳句《はいく》だけでいいの。ていねいに書いて。ここ書きなおして」

指さしてゆずらない。

〈ほんと、しつこいやつ。こんなのどうだっていいじゃない〉

一度おさめたマグマがじわじわとせりあがってくる。でも、あたしはだまって自分の字を消しはじめた。あたしの人生も、もうすぐこんなふうに消されてしまう。きっと誰《だれ》もあたしがいたことなんか覚えていないだろう。そのときあたしは初めて自由になれる。あたしはそれを、心から待ち望んでいるのだと思った。

めでたさも中位《ちゅうくらい》なりおらが春
猫《ねこ》の子にかして遊ばす手まりかな
鳴くな虫あかぬ別れは星にさへ
湖水《こすい》から出現《しゅつげん》したり雲の峰《みね》
憎《そう》になる子のうつくしやけしの花
亡《な》き母や海見る度《たび》に見る度《たび》に

半年学校へいってないしその前だってろくに勉強なんかしてなかったから、これだけ書くのにものすごく苦労した。とにかく漢字を書くのに時間がかかる。

〈もうっ〉

いらいらしながらやっと書きおわると、上村はすぐに一枚《いちまい》のプリントを持ってきた。そこには一茶《いっさ》の一生が書かれていた。漢字にはふりがながふってある。あたしは正直ほっとした。もしこれも書き写せといわれたら、とっくに帰っていたにちがいない。

上村はプリントを見ながら説明を始めた。

小林一茶《こばやしいっさ》

一七六三年　長野県の貧《まず》しい農家に生まれる。

三　歳《さい》　母が亡《な》くなる。

八　歳《さい》　継母《けいぼ》をむかえるが、なじめず。

「継母《けいぼ》というのは、まま母《はは》。つまり本当のお母さんじゃないってことよ」

十五　歳《さい》　江戸《えど》に奉公《ほうこう》に出される。年少で手に職《しょく》もなく、流民《るみん》同然の生活。

「流民《るみん》っていうのは住むところのない人のこと」

二十九歳《さい》　ふるさとにもどる。
三十　歳《さい》　俳句修行《はいくしゅぎょう》の旅に出る。
三十九歳《さい》　ふるさとにもどり、病気の父の看病《かんびょう》をする。
一ヶ月後　父が亡《な》くなる。
その後十年以上にわたって継母《けいぼ》・弟との財産《ざいさん》争いがつづく。江戸《えど》で困窮《こんきゅう》の生活がつづく。

「ふるさとにいられなかったのね」
いちいち説明する上村の声はじゃまだったが、一茶《いっさ》の一生はなぜかすっと胸《むね》のなかに入ってきた。

五十　歳《さい》　江戸《えど》からふるさとへ帰る。

五十一歳《さい》　財産争《ざいさん》いがようやく和解《わかい》。弟子《でし》をとり、生活にゆとりができる。
五十二歳《さい》　結婚《けっこん》。三男一女の四子をもうけるがいずれも幼《おさな》くして死亡《しぼう》。妻《つま》きくも死亡《しぼう》。

「そうそう、こんな句《く》もあったわ」
上村は黒板にもうひとつ句《く》を書きたした。

雪とけて村いっぱいの子どもかな

「村いっぱいに子どもが遊んでいるけど、そのなかに自分の子はいないのね」

〈一茶《いっさ》の人生も暗日《あした》ばかりだ……〉

その後　二度目の結婚《けっこん》。半年で離婚《りこん》。
六十四歳《さい》　三度目の結婚《けっこん》。

六十五歳《さい》　大火にあい家を失う。焼け残った土蔵《どぞう》で暮《く》らしていたが、その年の十一月に死亡《しぼう》。

〈こいつ、人生のなかで幸せだったときってほんの一年か二年なんだ……〉

一茶《いっさ》の死後　「やた」という女の子が生まれ、父親の顔を見ることなく成長。一茶《いっさ》の唯《ゆい》一《いつ》の血筋《ちすじ》を後世に伝える。

〈子どもの顔も見れなかったのか。いったいなんのために生まれてきたんだろう〉

あたしは、あたしにもいただろう「パパ」っていう人をちらと思った。あたしが生まれるとすぐに姿《すがた》を消し、それきり行方《ゆくえ》をくらました……。いったいどんな顔をしていたんだろう。

あたしは美有のノートをめくって前の時間の句《く》を読みかえす。

〈こんなぼろぼろの人生なのに、なんで雀《すずめ》やかえるの心配してんだろう〉

あたしは、初めて一茶《いっさ》という人間に興味《きょうみ》をもった。

「さあ、これをやったらおしまいよ」

上村がわたしした紙には手書きの質問《しつもん》が書いてある。

一、一茶《いっさ》の一生で印象に残ったところはどこですか。
二、一茶《いっさ》の句《く》のなかで好きな句《く》はどれですか。
三、その理由を書きなさい。

お決まりのパターンだ。

〈こんなこときいてどうすんの。あたしとどっこいのかわいそうな人生でした、とでも書けばいいんだろうか〉

上村、やっぱりいやなやつだ。あたしは一番の質問《しつもん》に、「生活にゆとりができたこと」と書いた。五十一歳《さい》で生活にゆとりができたとき、一茶《いっさ》は初めてほっとできただろう。あたしはそのことを本当にうらやましいと思った。あたしの人生には、そんなことは一度もなかった。そしてその人生も、もう終わろうとしている。一年でも二年でもほっとできたなら、一茶《いっさ》のほうがまだましだと思った。

二番はわざと前の時間の「天《あま》の川《がわ》」を選んだ。理由は「好きだから」。上村の質問《しつもん》にまともに答えたくはなかった。

あたしが書きおえるころ、美有も一心に書いていたなにかを終えるところだった。美有はノートを出しにいく。どうやら読んでいた本の感想を書いていたらしい。まんなかくらいのページをひらいていたから、その作業はもうずっと前からつづけられているのだろう。

あたしはあせった。

このままではあたしひとりが残される。上村とふたりで勉強なんて、考えるだけでぞっとした。あたしはいいかげんに終わらせて、あわてて紙を出しにいった。教卓《きょうたく》の上の美有のノートに「読書記録」の文字が見える。

「それじゃあ今日はこれでおしまいね。ふたりとも連絡《れんらく》はしてあるから大丈夫《だいじょうぶ》よ。気をつけて帰って」

上村がいった。

〈えっ〉

と思った。勉強が終わったら説教が始まるとばかり思っていた。これでおしまい？　上村は、やっぱり予測《よそく》できないと思った。

それに、連絡《れんらく》？　ママは連絡《れんらく》なんかしなくても心配なんかしない。でも美有は？　連《れん》絡《らく》って……。

頭の隅《すみ》にコンビニの大男が浮《う》かぶ。もしかして美有、自由に残ったりできないのかな？　たぶん、早く帰ったら店の手伝いをさせられるだけなのだろう。いや、早く帰って店の手伝いをしなければならないのかもしれない。本を読んでいるときの柿《かき》のような頰《ほお》を思うと、この時間は美有にとって楽しい時間であることはまちがいなかった。

上村の気が変わらないうちにと、美有といっしょにそそくさと教室を出ていっしょに玄《げん》関《かん》を出る。あたしは最初から牧場の道を通ると決めていた。ところが美有も、校門を出て右に歩いていく。コンビニは左、学校横の坂をいったほうがずっと近い。

〈なんで？〉

不思議に思ったが、なにかいえばいっしょに残された仲間意識《いしき》を共有することになりそうでいやだった。それよりなにより、美有が親の暴力《ぼうりょく》を受けていたという事実にふれなければならない気がした。

それじゃあ左に曲がって学校横の坂を通ろうかと思った。でもそうすると、いずれ向こうから歩いてくる美有とすれちがうことになる。それもなんだかばつが悪かった。

あたしは、しかたなく美有のあとから遅《おく》れて歩くことにした。追いこすわけにもいかないから、美有に合わせて足は自然にゆっくりになった。

耕《たがや》され、種まき鳥のカッコウが鳴くのを待つだけの広い畑や、その向こうにつづくバス道路、若芽《わかめ》を風に遊ばせている木なんかを見ながら、美有はじれったいほど時間をかけて歩いていく。薄《うす》っぺらい美有の肩《かた》が、夜のなかに置き去りにされていた自分と重なる。

〈ちがう〉

あたしはあわててそれを打ち消した。

〈あたしと美有はちがうんだ。いっしょにするな。傷《きず》をなめあうなんて、ごめんだ〉

サイロの前を右に折れてバス停に着く。ふりかえるかと思ったが、美有はふりかえらず
そのままだまってコンビニのすきまに消えていった。ふりかえらない美有に、あたしはな

ぜかひどくほっとした。

残り勉強はその後もつづけられた。上村はいろんな理由をつけてあたしを残した。その度に、美有もいっしょだった。校門を出ると美有は決まって牧場の道を選んだ。

何度目かの帰り道、少し歩く距離《きょり》の縮《ちぢ》まっていた美有にあたしはきいた。

「なんでこの道通るの？」

美有はしばらくだまってから、ぽつんと答えた。

「母さんと歩いた道だから」

雑木林《ぞうきばやし》にさえぎられた夕陽が美有の頬《ほお》に影《かげ》を落とす。

あたしは思った。親とはいえない親をもちなんの期待もしていないあたしと、だいじだと思っていた親をとつぜんうばわれた美有と、いったいどっちが不幸だろう。

「おまえ……この前、父さんになぐられていただろう」

「……」

美有は答えずそのままゆっくりと歩いていった。

だんだら坂の畑にアスパラが植えられ、収穫《しゅうかく》されてブロッコリーが植えられた。
モーゥ
ときおり牧場の畜舎《ちくしゃ》からのんびりした牛の声が坂をおりてくる。
あたしはオールマイティのカードを切るタイミングを求めて、学校と家のあいだをあいかわらずふわふわとただよっていた。

六月の終わり、学校祭の話し合いがおこなわれた。

早すぎない?と思ったが、学校祭は九月末。夏休みが明けて一ヶ月しかないから、いまのうちに準備《じゅんび》を始めておかないとまにあわないらしい。

歌、演劇《えんげき》、ダンス……。

ステージ発表をなににするかの話し合いがおこなわれた。

まだ実感がわかないからか、みんなの意見はわかれた。

何度目かの話し合いで、それまでだまっていた大友美有が口をひらいた。

「国語の授業《じゅぎょう》で学んだ小林一茶《こばやしいっさ》の句《く》にしませんか？」

みんないっせいに、美有を見た。

「えっ、どうやってやるんですか？」

委員長の館林渉《たてばやしわたる》がきいた。

「一茶《いっさ》の一生を縦糸《たていと》に、俳句《はいく》を横糸に織《お》りこんだ朗読劇《ろうどくげき》にしてはどうでしょう？」

美有の言葉には逆《さか》らえないなにかがあった。特に親しい友だちがいるわけじゃない。みんなでわいわいやっているところを、一度も見たことがない。なのに、どうして？と不思議に思う。この存在感《そんざいかん》はいったいなんなのだろう。

美有の意見をきっかけに、クラスはいっきに勢《いきお》いづいていった。

「群読《ぐんどく》はむずかしいときく。はたして、声だけで舞台《ぶたい》を盛《も》りあげることができるだろうか」

委員長館林は、慎重《しんちょう》だった。

「いいかもしれないわ。朗読劇《ろうどくげき》なんて誰《だれ》もやったことないし、それに一茶《いっさ》の一生は複雑《ふくざつ》そうだからほりさげるとおもしろいかもね」

金崎瑞希《かねさきみずき》がつぶやいた。

〈えっ？〉

と思った。

館林はサッカーをしていて男子を中心に友だちも多い。ふだんからクラスの舵《かじ》とりをまかされているので、慎重《しんちょう》意見が多いのは自分の意見がクラスの方向を大きく変えることを知っているからだ。でも、いまから東大を目指しているといわれている副委員長の金崎《かねさき》は塾《じゅく》通いでいそがしく、勉強以外のことにはあまりかかわりたがらない。金崎《かねさき》と「おもしろい」という言葉があまりに不釣《ふつ》り合《あ》いで、あたしは思わず顔をあげた。短めのおかっぱで眼鏡《めがね》をかけた金崎《かねさき》は、どこから見ても理詰《りづ》めで冷たい感じがした。


時間いっぱいつづけられた話し合いは、終わりがちかづくにつれ美有の朗読案《ろうどくあん》に大きくかたむいていった。そのあいだ、上村はひとことも発しなかった。

終了間際《しゅうりょうまぎわ》のわずかな時間で脚本《きゃくほん》チームが決められた。館林渉《わたる》は当然そこに入ったが、金《かね》崎瑞希《さきみずき》はやっぱりはずれた。意見だけ出して自分はかかわらない金崎《かねさき》のドライさは、さすがだった。本当なら美有も入るはずだが、美有の生活がそれを許《ゆる》せる状況《じょうきょう》にはないことをクラスのみんなは知っていた。

数日後、脚本《きゃくほん》ができあがり、配役が決められることになった。

「ナレーションは大友さんがいいと思います」

原口知香《はらぐちちか》がいった。ナレーションは、朗読《ろうどく》を左右するいちばん重要な役だ。

〈出た、思いこみ女〉

知香《ちか》は前から美有びいきだ。

「おっ、いいんじゃね？」

とうきび頭の航太《こうた》が組んだ足をゆらしながら賛成《さんせい》した。

〈えっ、航太？　なにちゃっかり発言してんの〉

ひとりひとりねちっこく発言させていく上村の授業《じゅぎょう》の影響《えいきょう》か、最初クラスから浮《う》きがちだった航太もいつの間にか話し合いに参加するようになっていた。

「賛成《さんせい》」

「賛成《さんせい》」

みんなが同意して、美有はすんなりナレーションに決まった。知香《ちか》はピアノ伴奏《ばんそう》で朗読《ろうどく》をバックアップすることになった。朗読《ろうどく》だけで表現《ひょうげん》するのはむずかしいという館林の意見がとりいれられたのだ。体育が苦手な知香《ちか》だが運動神経《しんけい》と音感はあまり関係がないらしく、自分でメロディをつくるという。人は意外な特技《とくぎ》をもっている。みんなに指名されて、知香《ちか》の下くちびるは得意そうにぷっとふくらんでいた。

夏休みに入る前に少しでも土台をつくっておこうと、すぐに練習が始められた。伴奏《ばんそう》と合わせる前に朗読《ろうどく》を先にしあげてしまうという。

でも、実際《じっさい》始めてみると館林の予想は的中した。身ぶりや手ぶりがなく、声だけで表現《ひょうげん》する朗読《ろうどく》は想像《そうぞう》以上にむずかしかった。棒読《ぼうよ》みになってしまったり声が通らなかったり。特に全員がいっせいに声を合わせるところは、まったく呼吸《こきゅう》がそろわなかった。

〈こんなんでかたちになるの？〉

不安げな顔があちこちに見える。

〈無理無理〉

あたしは初めからそう思っていた。

でも、美有のナレーションだけは完ぺきだった。脚本《きゃくほん》はできたばかりというのに、まるで前から練習していたように台詞《せりふ》をものにしている。美有のナレーションとみんなの朗読《ろうどく》は、距離《きょり》の縮《ちぢ》まらないまま夏休みをむかえた。

ステージ

あたしは給食のないひもじさとママの重さにたえながら、ただだるくて暑い夏をぐだぐだと過《す》ごした。

始業式の朝、逃《に》げるように家を出る。

二学期初日というのに朗読《ろうどく》の練習はもうその日から再開《さいかい》された。

長期休みのブランクを感じさせない、ずいぶんのはりきりようだ。でも気持ちとは裏腹《うらはら》に、朗読《ろうどく》は限《かぎ》りなくふりだしにもどっていた。無惨《むざん》なほどタイミングがかみ合わない。もしかしたら、ふりだしどころかそれ以下かもしれない。

「あーあ」

あちこちでため息がもれる。

ところが美有《みう》のナレーションが入ると、しずんでしまいそうになる空気も不思議にふわりと浮上《ふじょう》した。

〈なんなのだろう〉

美有の声はよく通るだけじゃなく、みんなとなにかがちがう。いつも本を読んでいるせいなのか、人の気持ちをぐっと引きこむなにかをもっていた。気がつくと、あたしまで美有の声にじっとききいっている。クラスの朗読《ろうどく》は美有に引っぱられるようにして進んだ。練習を重ねるごとに、みんなは美有との距離《きょり》をじりじりと縮《ちぢ》めていった。

学校祭まで二週間を切った。

知香《ちか》のピアノもしっくりはまり、練習は追いこみに入っていた。

どうなることかと思っていた朗読劇《ろうどくげき》も、このままいけばいい感じにしあがるかもしれない。みんながそう思いはじめたときだった。

とつぜん美有が学校を休んだ。

どこで誰《だれ》がきいてくるのか、うわさが走るのは速かった。

「救急車で運ばれたって」

「父さんになぐられたらしいぞ」

クラスを衝撃《しょうげき》がおそう。

「姉ちゃんがたいへんだって、弟から通報《つうほう》があったんだって」

にわかには信じがたいそのうわさを裏《うら》づけるように、上村《うえむら》が朝から姿《すがた》を見せない。

昼ごろようやく教室にやってきた上村は、

「大友《おおとも》さんが入院しました」

とだけいった。

その日の朗読《ろうどく》練習は中止になった。実際《じっさい》、美有がいないと朗読《ろうどく》は成り立たなかった。学校祭まであと何日もない。どうするんだろう。みんなの胸《むね》に不安が広がった。

放課後、あたしは上村に呼《よ》びとめられた。

「午前中は眠《ねむ》ってて話せなかったから、もう一度病院にいくけどあなたもくる？」

〈へっ？〉

なんであたし？と思ったが、つぎの瞬間《しゅんかん》あたしはもうかばんをつかんでた。

上村の車で病院へ向かう。車のなかは、不思議なほどがらんとしていた。

〈上村、家族いないのかな〉

とても誰《だれ》かを乗せている車とは思えない。生活のにおいがまったくしないのだ。それどころか、いっしょに乗っているとずーんとさみしくなってくる。

〈なんだろう、これ〉

わからないけれど、思いがけず上村の心のなかをのぞいてしまったような気がした。

「シートベルトしめて」

いったきり、上村はだまりこんだ。

病院につくと、美有は目と口のほか顔をぐるぐる巻《ま》きにされてベッドにつながれていた。

鼻とあごの骨《ほね》が折れているという。内臓《ないぞう》も少し圧迫《あっぱく》されているらしい。

なのに、美有は上村を見るなり包帯のなかから声をふりしぼった。

「先生、父さんを助けて。私《わたし》はなんでもないんだから、父さんがつかまらないようにして」

話すのもやっとのはずなのにかまわず懇願《こんがん》する美有を見ているうちに、あたしのなかのなにかがうごめいた。それは、くる日もくる日も夜のなかに捨《す》ておかれ、闇《やみ》におびえつづけた恐怖《きょうふ》の感情《かんじょう》に似《に》ていた。胸《むね》の底からつきあげたなにかは、いき場を探《さが》してものすごい勢《いきお》いであふれでた。気がついたらあたしは叫《さけ》んでた。

「なにいってんだっ、嘘《うそ》つくなっ。そうやっておまえが嘘《うそ》つきつづけるからこんなことになるんじゃないか」

あたしは叫《さけ》びながらベッドの上の美有につかみかかろうとした。あわててとめに入った上村があたしを抱《だ》きすくめる。

「やめなさいっ」

それでもあたしのなかの嵐《あらし》は、おさまらなかった。

「この大嘘《おおうそ》つきっ。こんなになって、なんでもないわけないじゃないか。憎《にく》かったら憎《にく》いってほんとのこといえよっ」

あたしはわめきながら、そのときやっとわかった。親とはいえない親をもち、逃《のが》れたいのに逃《のが》れられない。ただそこにすがっていくしかない。かたちはちがっても、あたしと美有はおなじなのだと。

目の前にまざまざと自分を見せつけられるのはがまんならなかった。

上村をふりほどこうともがいていると、ベッドの上から不思議な音がきこえてきた。地の底からわきあがるような、遠くからかすかにきこえる鈴《すず》の音《ね》のような。それは静かに、だけど容赦《ようしゃ》なくあたしのなかに入ってきた。

「死ぬ前に母さんがいったの。憎《にく》しみの道はいきどまり。愛する道は希望につながる。美有、人をたくさん愛して幸せになるんだよ。愛も憎《にく》しみも、自分のなかにあるんだから」

きいたこともないうめくような美有の声だった。上村の手が、ふっとゆるんだ。はずみであたしはぽーんと、病室の四角い空間に放りだされた。踏《ふ》みこたえてふりむくと、棒立《ぼうだ》ちになった上村の目からぽろぽろと涙《なみだ》がこぼれていた。

「父さんは、本当はやさしい人なの。母さんが死んだときから、ただ心がとまっているだけなのよ」

消えそうな声で、美有がつぶやいた。

美有の言葉についていけなかったのか、それとも上村の涙《なみだ》にか、あたしの思考回路は停止したままぼんやりとただひとつのことだけを認識《にんしき》していた。

〈ほんとの父親だったんだ……〉

暮《く》れかけた病室の窓《まど》にあたしの影《かげ》が映《うつ》っている。病室の明かりに照らしだされた影《かげ》は、無惨《むざん》にぽっかりとそこに浮《う》かんでいた。


翌朝《よくあさ》、あたしは上村に呼《よ》ばれた。

「今日からまた朗読《ろうどく》の練習を始めるんだけど、大友さんの代役はあなたにやってもらうわ」

〈へっ?〉

と思った。

〈なに、いってんの?〉

また無理なことをいって、いやがらせをしようとしているんだと思った。

「じょうだんじゃない」

あたしははねのけた。

しばらくじっとあたしの顔を見ていた上村は、表情《ひょうじょう》を変えずにいった。

「あなたじゃなきゃいやだっていってるのよ」

「誰《だれ》が？」

「大友さん」

〈美有？〉

上村は出勤《しゅっきん》前に病院へよってきたらしい。美有は、あたしに代役をやってほしい。あたしがやらないんだったら、自分があの姿《すがた》のままで出ていくといってきかなかったそうだ。

〈美有……なにいってんだ〉

いつまでも返事をしないあたしに、

「いいわね」

上村が念をおした。

〈できるわけない。美有のかわりなんて〉

心のなかで叫《さけ》んでいるのに、声にはならなかった。目の前に病院のベッドでぐるぐる巻《ま》きにされた美有が立ちはだかっていた。

帰りのホームルームで代役が発表されたとき、クラスは騒然《そうぜん》となった。

「理由をいってください」

金崎瑞希《かねさきみずき》が口火を切った。

「……」

上村は口をひらかなかった。

「朗読《ろうどく》の配役はみんなで考えて決めたんです。大友さんの代役だけ先生が勝手に決めるのはおかしいと思います」

金崎《かねさき》がくいさがる。

クラスは気味が悪いくらい静まりかえっていた。

「もう一度みんなで話し合って決めませんか」

館林《たてばやし》が遠慮《えんりょ》がちにいう。

上村はそれでもなにもいわなかった。

〈どうして理由をいわないんだろう〉

あたしは不思議に思ったが、もしかしたら美有をかばっているのかもしれないと思った。

前の席の航太《こうた》が何度もふりむいてあたしとみんなをかわるがわる見る。
〈こうなることはわかってた。あたしが代役なんて、誰《だれ》も納得《なっとく》するはずがない〉
でも上村が理由をいわない以上、あたしがなにかをいうわけにはいかなかった。

重い空気を残したまま放課後の練習は始められた。
あたし、どうして逃《に》げなかったんだろう。
逃《に》げれば、逃《に》げられた。
なのになぜ？
あたしはなぜか意気地《いくじ》なく居残《いのこ》り、気がつくと朗読《ろうどく》の列のまんなかに立っていた。

原口知香《はらぐちちか》の伴奏《ばんそう》が始まる。
すぐに美有のナレーションだ。
知香《ちか》の伴奏《ばんそう》がとまる。
張《は》りつめた無音がつづく。

あたしが台詞《せりふ》をいわない限《かぎ》り、朗読《ろうどく》はそこから一歩も進まない。

金崎《かねさき》の目、館林の目、みんなの目があたしに張《は》りつく。

この教室に初めて足を踏《ふ》みいれたとき、引きずりだされたモグラみたいに光の痛《いた》みを感じた。あのときの感覚がよみがえる。存在《そんざい》がないはずのあたしは、なぜいまこうしてみんなの目にさらされているんだろう。

〈なんだってそんなこといったのさ、美有〉

あたしは無音におしだされるようにして台詞《せりふ》を吐《は》いた。

待ちかまえていた朗読《ろうどく》があたしの語尾《ごび》をうばうように動きだす。

ナレーションのたびにあたしは小さな声でぼそぼそとつぶやいた。

でも、朗読《ろうどく》が進むにつれあたしは自分におどろいていた。

とっくになくしてしまったあたしのために上村が自分の台本をくれたけど、あたしはそれを一度も見なかった。

不思議なことに美有の台詞《せりふ》はぜんぶあたしのなかに入っていたのだ。

まるでどこかにひそんでいたアンテナが、あたしとはまったく無関係に美有の声をキャッチしていたみたいだ。

〈これっていったい……〉

練習はくりかえされたが、あたしの声は大きくはならなかった。

存在《そんざい》のないあたし、ただ死ぬためだけに生きているあたしにいったいどんな声を出せというんだ。

包帯でぐるぐる巻《ま》きにされた美有に縛《しば》られているあたしは、ここに立つしかない。でも、ただそれだけ。誰《だれ》もあたしをこれ以上は変えられない。たとえ美有でも。

朗読《ろうどく》は、決まってあたしのところでしぼんだ。

「やっぱり無理じゃない？」

イラついた調子で金崎《かねさき》がいう。

「もう少し大きな声が出ないかな？」

館林がとりなす。

航太はちらちらこっちを見るが、なにもいわない。

そういえば航太はこのごろなぜかあんまり話しかけてこない。前は追いはらわれてもつぎの日にはけろっとして話しかけてきた。「空気の読めないやつ」、それが航太だった。

〈いったいどうしたんだろう〉

もしかしたら急に表舞台《おもてぶたい》に立たされているあたしに、さすがの航太もなにをいっていいのかわからないのかもしれない。

金崎《かねさき》、館林とのやりとりを知香《ちか》がピアノのいすからじっと見つめていた。

じりじりと学校祭がちかづいてくる。

みんなの責《せ》めるような目が日に日に険《けわ》しくなっていく。

それはあたしにとっては好都合だった。

〈そうそう、みんなどんどん不満をためて〉

そうすれば、きっと誰《だれ》かに交代が告げられる。あたしは心のどこかでそれを待っていた。

学校祭前日、あたしのナレーションはあいかわらずだった。クラスの練習も調子があがらない。みんなのあせりと不満は絶望《ぜつぼう》に変わっていた。とがった目が、あたしを通りこして上村に向けられる。なのに上村は、あたしをナレーションからはずそうとはしなかった。

〈なんで？〉

学校祭当日。あたしはうろたえた。

〈ほんとにこのままいくの？〉

どうしよう……。

でもまあ、きっと本番直前に交代が告げられるに決まってる。

思いながらもバスをおりたあたしの足どりは重かった。サイロからのびる落葉松林《からまつばやし》の向こうに海が見える。このまま海まで歩いていったら、そこで一日過《す》ごしたら、もう学校祭は終わっている。思わずそっちに足が向きそうになる。そのたびにベッドの上の美有の顔がちらついた。あたしはとぼとぼとサイロを折れ、だんだら坂をくだった。

〈台詞《せりふ》忘《わす》れたら、どうしよう〉

きこえないくらいの声しか出さないくせに、恐怖《きょうふ》だけはおそってくる。

〈知らない。むりやりやらせるほうが悪いんだ〉

そう、あたしのせいじゃない。美有と上村が悪いんだ。忘《わす》れたらそのままだまっていよう。

あたしはもうそれ以上、考えるのをやめにした。

朝のホームルーム、いつも明るいクラスの雰囲気《ふんいき》はこの上なく重かった。

〈あたしには関係ない〉

上村が教室に入ってきた。スーツを着こんだ上村は、なぜか髪《かみ》をアップにしている。

〈なんだあいつ、意味不明……〉

自分が出るわけじゃないのになにを力んでいるんだろう。それに、どうせアップにするならもう少しうまくやればいいのに。ピンだらけのところどころほつれた頭を見ながらあたしは思った。

教壇《きょうだん》に立った上村は、

「今日までよくがんばったわ。やるだけのことはやったわね。あとはなにも考えず、ステージで全力をつくすだけよ」

そういった。

〈えっ、それだけ……〉

金崎《かねさき》がとげのある目であたしを見た。その目に由奈《ゆな》が重なる。

あたしは、学校祭が終わったらきっと金崎《かねさき》によるいやがらせが始まるだろうと思った。

「みんな、がんばろう！」

館林が気合いを入れるが答える声はなかった。

知香《ちか》が自分でつくった手書きの伴奏譜《ばんそうふ》を胸《むね》に抱《だ》き、ぷっくりしたくちびるをへの字に結んでいる。

航太はまるで自分がしかられたみたいにしょげかえっている。

それでもあたしはまだ往生際《おうじょうぎわ》悪く、「交代」のひとことを待ち望んでいた。

〈誰《だれ》か早くなんとかいってよ〉

胸《むね》のなかで叫《さけ》びつづける声は誰《だれ》にも届《とど》かず、みんなはもうあたしを見ようともしなかった。

時間になった。

流れに引きずられるようにいすを持って体育館に出る。

プログラムは進み、ずんずんと出番がちかづいてくる。

〈逃《に》げろ〉

そう思うのに、動けない。手のひらに汗《あせ》がにじんでくる。こすってもこすっても、汗《あせ》はすぐにわいてきた。時間よとまれ、とまれ……。

「つぎは、一年一組の朗読《ろうどく》『一茶《いっさ》これにあり』です」

まるで試合開始のゴングが鳴るように、無情《むじょう》なアナウンスが体育館にひびきわたる。

あたしはどこかに連行される囚人《しゅうじん》みたいに、みんなの列に運ばれ舞台《ぶたい》の中央に立った。

暗闇《くらやみ》のなかで観客のシルエットがうごめく。

幼《おさな》いころあたしを苦しめた闇《やみ》の魔物《まもの》が、そこにいた。鋭《するど》い牙《きば》をむき、いまにもおそいかかろうと息をひそめている。

〈もう、だめだ……〉

たおれこみそうになったとき、うしろのとびらがすーっとひらいた。闇《やみ》を裂《さ》くように細い光が差しこんでくる。

光のなかにぼんやりと、なにか白いものが浮《う》かんでいる。それは観客のうしろをゆっくりと進み、まんなかの通路でぴたりととまった。あたしと白いものは、通路の向こうとこっちで向きあうかたちになった。とびらがとじられ、ふたたび闇《やみ》が生まれる。闇《やみ》のなかで、白いものは光の余韻《よいん》をためてぽっかりと浮《う》かんでいた。

〈なんだろう〉

あたしは目をこらした。

そのときぱあっとスポットライトが照らされて、あたしの前に一本の光の道が浮《う》かびあがった。道の先をたどっていくと、そこに顔をぐるぐる巻《ま》きにされた美有が立っていた。片方《かたほう》を保健《ほけん》の島本《しまもと》に支えられ松葉杖《まつばづえ》をついて、美有は真っ正面からあたしを見すえていた。

〈美有……〉

「ほら、あの子」

「父親になぐられたコンビニの……」

ささやきが波のように広がる。美有の身体《からだ》がつぎつぎに人の視線《しせん》に刺《さ》されていく。

あたしはぎょっとなった。

〈なにやってんの美有、こんなとこにのこのこ出てきて。なんでわざわざ自分からさらしものになりにくるのさ〉

あたしは飛んでいってつきささるみんなの視線《しせん》を払《はら》いのけ、美有をどこかにかくしてしまいたい衝動《しょうどう》にかられた。包帯のなかから目だけぎょろっと光らせて、美有は身じろぎもせずにじっとあたしを見ていた。

知香《ちか》の伴奏《ばんそう》が始まる。

その瞬間《しゅんかん》、すべてのものが消え失せた。あたしの目には、スポットライトに照らされた一本の道だけが見えている。あたしと美有をつなぐ道。あたしには、道の向こうに立つ美有しか見えなかった。台詞《せりふ》が喉《のど》をつきぬけ、美有に向かってまっすぐに飛んでいった。


その男は、江戸《えど》の中期、長野の貧《まず》しい農家に生まれた。

三歳《さい》で生母を亡《な》くす。


あたしの声が会場に鳴りひびく。

八歳《さい》で継母《けいぼ》をむかえるが、なじめず。

生徒A「我《われ》と来て遊べや親のない雀《すずめ》」
生徒B「亡《な》き母や海見る度《たび》に見る度《たび》に」

十五歳《さい》。江戸《えど》に奉公《ほうこう》に出るが、手に職《しょく》もなく流民《るみん》同然の生活。

生徒C「ぬすませよ猫《ねこ》も子ゆへの出来心《できごころ》」
生徒D「やれ打つな蠅《はえ》が手をすり足をする」

五十二歳《さい》、結婚《けっこん》。
三男一女をもうけるが、いずれも幼《おさな》くして死亡《しぼう》。
妻《つま》きくも死亡《しぼう》。

生徒E　「雪とけて村いっぱいの子どもかな」
生徒F　「僧《そう》になる子のうつくしやけしの花」

朗読《ろうどく》が進むにつれ、あたしは不思議な感覚にとらわれていた。自分が、あたたかいなにかにすっぽりと包まれているような気がした。あたしの耳には、あたしの声に混《ま》じる美有の声がはっきりときこえていた。台詞《せりふ》を美有がいっているのかあたしがいっているのか、もうわからなかった。あたしは美有で、美有はあたしだった。

その男は、なんのために生まれてきたのか。

全員　「なんのために、生まれたのか」

ただこの一句《いっく》を生むために、この世に生まれてきたのだ。

全員「この一句《いっく》を生むために」

やせがえるまけるな一茶《いっさ》これにあり

あたしが最後の台詞《せりふ》をいいおわる。

やせがえるまけるな一茶《いっさ》これにあり

みんながあたしの声を追う。

気づくといつのまにか明るくなった体育館に、うねるような拍手《はくしゅ》が起こっていた。島本に助けられ、美有がけんめいに不自由な手を合わせていた。包帯のなかの黒目がちの目がほころんでいる。あたしには、包帯にかくれた美有の柿色《かきいろ》のほっぺが見えるような気がした。
鳴りやまない拍手《はくしゅ》にとまどいながら席に着いてふりかえると、美有の姿《すがた》はもうそこにはなかった。

教室にもどると、館林があたしにてのひらを向けてよってきた。
えっ？
うしろを見たが誰《だれ》もいない。
あたし？
〈まさか……ハイタッチ？〉
思わず手をうしろにかくす。
〈できるわけない〉
館林は向けた手を頭にやり、ばつが悪そうにいった。
「失礼」
それを見て、みんなが笑った。

航太、知香《ちか》……、金崎《かねさき》まで。あたしにはその笑いの意味がなんなのかよくわからなかった。

入口にたたずんでみんなを見ていた上村は、あたしと目が合うとふわりと笑った。あたしはそのとき、上村の目が美有によく似《に》ていることに気がついた。

学校祭が終わって三日ほどして、上村が美有の病院に連れていってくれた。

美有はあたしの顔を見るなり、飛びあがるようにベッドから身体《からだ》を起こした。

顔の包帯は前よりずっと薄《うす》くなっている。

「すてきだった。代役引き受けてくれてありがとう。星さんなら、絶対《ぜったい》やってくれると信じてた。あのステージを見れて、ほんとによかった」

美有は何度もくりかえした。

〈信じてた？　なにいってんの。たまたまあんたがきてああなったけど、朗読《ろうどく》は本当なら失敗だったんだ。なに勝手に信じてんの〉

あたしは起きあがれるまでに回復《かいふく》したことにほっとしながら、子どもみたいにはしゃぐ美有を不思議な生きもののように見ていた。

結局、美有に会えたのはそれが最後だった。

それからすぐに美有は遠くはなれた北の町の病院に移《うつ》された。退院《たいいん》したらその町の児童《じどう》養護施設《ようごしせつ》から中学に通うそうだ。父親は警察《けいさつ》につかまり、コンビニはべつの経営者《けいえいしゃ》に引きつがれた。弟は遠い親戚《しんせき》に引きとられていったという。

ふたりで微妙《びみょう》な距離《きょり》をとって歩いただんだら坂を、いまはひとりで歩く。いつのまにか夏草が刈《か》りとられ牧草ロールがころがる季節になっていた。

「憎《にく》しみの道はいきどまり。愛する道は希望につながる。美有、人をたくさん愛して幸せになるんだよ。愛も憎《にく》しみも、自分のなかにあるんだから」

美有の母さんがいった言葉が、いまごろになって頭をめぐる。

人を愛して幸せに？

愛も憎《にく》しみも、自分のなかにある……。

なに、それ。

誰《だれ》かを信じたって裏切《うらぎ》られて傷《きず》つくだけじゃない。

ばかだな美有。こんな言葉背負《せお》って生きていたのか。重かったろう。だからあんな目にあうんじゃないか。

でも……。

教室で残り勉強をした日、父親の指のあとを頬《ほお》につけて幸せそうに本を読んでいた美有。あのとき美有は、けっしてつらの目に支配《しはい》されてはいなかった。なにかにたえているようでも、おびえているふうでもなかった。美有はあくまでも美有のまま、どこまでも自由だった。

〈あたしと美有、似《に》てるけどどこかがちがう。いったいなにがちがうんだろう〉

美有がやっていたようにまわりの景色を見ながらゆっくり歩く。収穫《しゅうかく》を終えた広い畑、色づきはじめた木。美有が母さんと歩いた道。

〈たぶん美有は、失ったいまも母さんといっしょに生きているんだな〉

あたりに野焼きのにおいがたちこめる。風にのって流れてくる煙《けむり》にむせながら、あたしは思った。

〈美有も一茶《いっさ》も、人生のなかで一度は幸せだったんだ。ということは……〉

サイロの前でだんだら坂をふりかえる。その道は、いつものようにしーんと静まりかえっていた。

「やっぱり、あたしがいちばん不幸だった……」

風のなかであたしはぽつんとつぶやいた。

記念日

学校祭がすんで二週間がたった。朝のホームルームで学校新聞が配られた。

トップに「一年一組の朗読劇《ろうどくげき》『一茶《いっさ》これにあり』感動を呼《よ》ぶ！」の文字がおどっている。

「わあっ」

「すげっ」

クラスはいっきにわきたった。

みんな目を輝《かがや》かせ、夢中《むちゅう》で新聞の文字を追っている。

「でへっ」

とうきび頭の航太《こうた》がこっちを向いてへらへら笑ってる。

小見出しに、

「星亜梨沙《ほしありさ》さん、大友美有《おおともみう》さんの代役を見事に果たす」

の文字もついていた。

〈ホシアリサ……〉

あたしはその名をやはり遠く感じた。

学校祭のあと、いろんな人があたしをほめた。あたしをとりまくまわりの空気は前より少しやわらかくなったような気がする。でもあたしには、自分がやったという実感がなかった。

あのときあたしには、スポットライトに照らされた一本の道しか見えていなかった。朗《ろう》読《どく》をしたのが美有だったのか自分だったのか、よく覚えていない。だから、ほめられてもあまりうれしくなかった。あたし自身はなにも変わってはいないのだ。

〈だから、なに?〉

あたしはほめられるたびにそう思っていた。

なのに……。

どうしてあんなことをしてしまったんだろう。

もしかしたら美有も一茶《いっさ》も一度は幸せだったという事実が、あたしを追いつめていたのかもしれない。


その日、学校はなにかの研究会で休みだった。あたしは学校新聞をテーブルの上に置いた。ママに見えるように。

「星亜梨沙《ほしありさ》さん、大友美有さんの代役を見事に果たす」の文字が目に飛びこんでくる。

昼すぎ、やっと起きてきたママは大あくびをしながらだるそうに記事に目を通すと新聞を四つにたたんでぽいっと床《ゆか》に放りだした。

それからしゃっしゃっとひきずるような足音をたてて台所にいき、キャベツを刻《きざ》みはじめた。

たぶん、冷蔵庫《れいぞうこ》に残っている焼きそばをつくる気だ。

昨日の夜あたしは自分で焼きそばをつくった。

また、焼きそば……。

床《ゆか》に投げだされた新聞とママの背中《せなか》を交互《こうご》に見る。

わかってた。ママの反応《はんのう》くらい最初から……。

でも……。

トントンとまな板の上で包丁がたてる音が、バタンバタンとしまっていくドアの音にきこえた。目の前のすべてのドアがしまり、たったひとつのドアだけが開いている。そこに足を踏《ふ》みいれさえすれば楽になる。あたしを解《と》き放《はな》つたったひとつのオールマイティ。もうとっくに切ってよかったはずの死のカード。

シャーシャーとキャベツを炒《いた》める音をききながら、あたしは時がきたと思った。

ママは焼きそばを皿に盛《も》り、一度放りだした新聞をテーブルクロスがわりにして食べはじめた。

プチップチッ
新聞にソースがはねていく。

あたしは新聞の上にできていく染《し》みをただ目で追っていた。

ママが出勤《しゅっきん》すると、あたしははじかれたように洗濯《せんたく》を始めた。

なぜ洗濯《せんたく》なのか自分でもわからなかった。

洗《あら》いおけの水をぐるぐるかきまわしながら、あたしの頭もいそがしくまわった。

〈どうやって？〉

首？　あたしはあたりを見まわす。ひもをかけようにも、どこにもかけられそうなところはなかった。

車……。

相手ができてしまうのはやっかいだ。

もっとシンプルに。

薬……。以前、ママが大量に持っているのを見たことがある。あのときくすねておけばよかった。でもあのころは一日を過《す》ごすのがせいいっぱい。死ぬことなんか考えもしなかった。

どうしよう……。

包丁？　調理室であたしが握《にぎ》った包丁が浮《う》かぶ。それはすぐにプレハブで自分に向けられた芝刈《しばか》り鎌《がま》に変わった。

〈あたし、刺《さ》そうとなんかしてない〉

いそいで鎌《かま》の刃《は》を頭から追いだしながら洗《あら》いおわったくつしたを乱暴《らんぼう》に引きあげる。洗《あら》いおけの水をいっきに流す。水はごぼごぼと渦《うず》を巻《ま》き、競いあうように排水口《はいすいこう》に吸《す》いこまれていった。

この水、海へ流れていくんだなと思ったとき、

〈あっ〉

あたしの頭に稲妻《いなずま》が走った。

〈海！〉

牧場の坂から遠くに見える海。あたしは泳ぎがあまり得意じゃないから、たぶんすぐにおぼれて死ぬだろう。そうだ、海がいい。

方法は決まった。じゃあ、いつ？

できれば朝日に包まれて死にたいと思った。暗日《あした》しかなかったあたしの人生。せめて死ぬときくらい光に包まれていたい。だけど、バスの始発はせいぜい六時半。コンビニまで

二十分。海まで歩いて四十分。そのころ陽はもう高くのぼって、海に入るあたしの姿《すがた》はまる見えだ。もし人に見られたら絶対《ぜったい》にとめられてしまう。

やっぱり、学校帰りにやるしかないか……。

そうと決まれば、できるだけ早いほうがいい。もう一日だってこんな家にいられない。

よし、明日海にいって暗くなるのを待とう。

あたしはそそくさと洗濯《せんたく》を終わらせ、たんすの整理にとりかかった。整理といったって、それほどの衣類があるわけではない。

まず着替《きが》える服を決める。理科室で上村《うえむら》に組みしかれたとき、むきだしになった足を思った。制服《せいふく》のスカートがめくりあがるよりはズボンのほうがいい。そうすると、どこかで着替《きが》えなければならない。どこがいいだろう。そうだ。いつもバスから見える道の駅がいい。あそこのトイレで着替《きが》えをしよう。あたしはジャージの袋《ふくろ》からジャージをとりだし、着替《きが》え用の服をつめこんだ。そのあいだも頭のなかでシミュレーションをくりかえす。

人目が多いから、下校のラッシュはさけよう。図書室でちょっと時間をつぶして国道をわたって海へ向かう。学校を出るのが四時少し前。たしか道の駅から川沿《かわぞ》いの道を通っていけば海へ出られたはず。海へ出たら海沿《うみぞ》いに歩いて、人気のない海岸を探《さが》そう。そこで日の暮《く》れるのを待つ。誰《だれ》もいなければいいな。そうすればまだ暮《く》れきらないうちに海に入れる。真っ暗より、できれば少しでも光が残っているほうがいい。

準備《じゅんび》を終えると、あたしは遺書《いしょ》にとりかかった。だまっていなくなるのはつまらない。どうせなら、せっかくのラストチャンスを最大限《さいだいげん》にいかさなきゃ。遺書《いしょ》は、当然ママあての手紙になった。

〝ママへ〟

書きはじめてから、なかなか先に進まない。

いいたいことは、いっぱいある。でもそれをそのまま書いても、ママはきっとなんとも思わないにちがいない。自分の都合の悪いことは知らん顔してやりすごす。それがママだ。もっとなにか、決定的なキズを残す方法はないかな？　あたしがいた、という証拠《しょうこ》を。
あたしは、考えたすえに書きはじめた。

〝ママ、いままで育ててくれてありがとう。ひとりであたしを育てるのはたいへんだったと思う。だからこんどこそちゃんと勉強して、中学を卒業したらたくさんお金をかせいでママに楽させようと思ってた。でも、それは残念ながらできなくなりました。あたしは明日海へいって死にます〟

ここまで書いて、あたしの手はとまった。
〈死ぬにはなにか理由がいる……〉
でも、手はそう長くはとまっていなかった。
〈そうだ、あたしにはとびきりの材料があったんだ〉

〝ここへきてからずっと、上村という先生にいじめられていました。上村はあたしを床《ゆか》にたおして馬乗りになったり、水をかけたりしました。でもあたしはがまんしました。あたしをばかにするために外ぐつをとりあげ、むりやり残して勉強をさせました。ちょっとでもまちがうとぜんぶ消されて、最初からまたやりなおしをさせられました。あたしはずっとがまんしてきましたが、もう限界《げんかい》です。ママ、恩返《おんがえ》しできなくてごめんなさい。あたしがいなくなっても、あたしのこと忘《わす》れないでください。あたしは天国にいってもママのこと忘《わす》れません。

さようなら　亜梨沙《ありさ》”

あたしがこんな気持ちでいたなんて、ママは予想もしないだろう。たぶんこれなら、少しは衝撃《しょうげき》をあたえられるかもしれない。

あたしは晴れ晴れとした気持ちで手紙を折りたたもうとした。でもひとつだけ、なにかが心にひっかかる。あたしはもう一度手紙をひらいた。ところどころにちらばった「上村」という文字が、点滅《てんめつ》するみたいに目に刺《さ》さってくる。

〈上村……〉

おそらく上村はこれで終わりだ。いつもあたしに苦痛《くつう》をあたえるいやな女……。あたしはずっと仕返しをしたかった。でも、なぜか胸《むね》の底からすっきりしないもやもやがわいてくる。もやもやのなかから、ひとつの疑問《ぎもん》がむっくりと頭をもたげる。

〈あのときなぜ、あたしの代役を立てなかったんだろう〉

学校祭の朗読《ろうどく》はあのままいけば失敗に終わるのは目に見えていた。いくら美有の願いといっても、みんなの努力を無駄《むだ》にはできなかったはずだ。なのになぜ、なにもいわなかったのか。あたしはもう何度もそのことを考えた。でも、どうしても答えは見つからなかった。

〈いいや、そんなことどうでも〉

あたしは手紙を乱暴《らんぼう》に四つに折り、かばんのわきポケットにおしこんだ。

夜、ふとんに入ってからもシミュレーションはつづいた。ひととおりおさらいが終わると、しみじみと思った。

〈あたし……ここでこうして死ぬためだけに生まれてきたんだなあ〉

こんな短い意味のない人生なら、最初から生まれてこなけりゃよかったんだ。そうすればこんな苦労もなかったのに。いったいなんのために生まれてきたんだろう。

闇《やみ》のなかに天井《てんじょう》の染《し》みが浮《う》かびあがる。

〈くる日もくる日も、あの染《し》み見つめてた……〉

目の奥《おく》から生あたたかいものがこみあげてくる。

あたしは急いでそれをおしもどした。

〈泣かない……〉

明日、あたしは自由になる。楽になれるんだ。だから、泣かない。泣く必要なんて、もうない。それよりちゃんと海までたどり着けるように、しっかり寝《ね》ておかなきゃ。

ふとんに入って目をとじようとして、

〈あっ〉

と思った。

〈あれ？　もしかして……〉

そういえば上村が帰りに体験学習がどうとかいっていた。あたしはあわててかばんから学級通信を引っぱりだした。

〈あー、やっぱり〉

明日は年に一度の体験学習だ。クラスごとに行き先がちがってて、一組は貸し切《かき》りバスで町の藍染《あいぞ》め館にいくことになっている。

〈タイミングわるっ〉

あたしはどこまでも自分につきまとう間の悪さを呪《のろ》った。

〈じゃあ、のばす?〉

一瞬《いっしゅん》思った。でも、

〈無理……。明日、海へいく〉

あたしの心は、決まっていた。

遺書《いしょ》の入ったかばんを目立つようにたんすの前に置き、あたしはしっかりと目をとじた。

朝、目覚まし時計より早く目が覚めた。ママは当然まだ眠《ねむ》っている。

これが最後と思ってママの部屋のドアを見る。不思議になんの感慨《かんがい》もわいてこない。それどころか、これでもう顔を合わせなくてすむと思ったら心底ほっとした。

身支度《みじたく》をすませ、なにも食べずに家を出た。もう死ぬだけなのに、食べる必要なんかなかった。

体験学習だから、教科書はほとんど持たずにすむ。

〈かえってラッキーかも……〉

あたしはジャージの袋《ふくろ》に午後のぶんの教科書を入れ、アパートを出た。

迷《まよ》いの消えた心を映《うつ》すみたいに雲ひとつない秋晴れだ。最近ちょっと冷えこんでいたのが嘘《うそ》みたい。海に入るにはちょうどいい。あたしがあたしでなくなる輝《かがや》かしい記念日を、誰《だれ》かが祝福してくれているみたいだ。

かなり雲があっても晴れ。少しだけなら快晴《かいせい》。まったくないのは日本晴れ。この前授業《じゅぎょう》で上村がいっていた。

〈最後に、こんな晴れ……〉

つくづく皮肉な人生だと思った。

ふりかえると、十三年暮《く》らしたアパートが朝日をはねかえして薄《うす》く光っている。

たんすの前に置いてきた遺書《いしょ》の入ったかばんを思う。

あたしのたったひとつの証《あか》し……。

もう、もどらない。

あたしはさっと踵《きびす》をかえすと、一歩ずつ地面を踏《ふ》みしめバス停に向かった。


コンビニ横のバス停でおり学校への坂をくだる。

牧場前は、通らなかった。

今日ですべてが終わるのだから、だんだら坂で心をしずめる必要などなかった。

〈目立たないように、あやしまれないように。とにかくふつうに過《す》ごしてなんとか放課後までたどりつかなきゃ〉

あたしは何度も自分にいいきかせた。


九時半、学校前に貸《か》し切《き》りバスが到着《とうちゃく》した。

ふだんとちがうスケジュールにみんなは浮《う》きたっていた。今日すべてが終わる自分とはあまりにかけはなれた空気が痛《いた》かったけど、注意が外に向いているぶんそのなかにかくれこむのはたやすかった。

十五分ほど走って藍染《あいぞ》め館に到着《とうちゃく》する。職員《しょくいん》の誘導《ゆうどう》ですぐに体験室に通された。部屋に入ると瓶《かめ》がいくつかならんでいて、ほんのりハーブのようないいにおいがただよっていた。

女の職員《しょくいん》の説明を受け、白いハンカチに青花《あおばな》ペンで模様《もよう》を描《えが》く。青花《あおばな》ペンは、水につけると線が消えるのだという。

「世界にたったひとつのハンカチですよ」

にこやかに笑って職員《しょくいん》がいった。

あたしは説明をほとんどきかず、ただみんなのまねをしていいかげんに作業した。

〈早く、早く放課後になって……〉

祈《いの》るような気持ちだった。

〈ふつうに、ふつうに〉

あせる気持ちをしずめるために、あたしは心のなかでくりかえす。

ペンで描《か》いた模様《もよう》をゴムでしばり、藍《あい》の液《えき》にひたす。瓶《かめ》のふたを開けるとさらにいいにおいが部屋全体を包んだ。藍《あい》の草が発酵《はっこう》したにおいだという。

「なかをのぞいてごらんなさい」

職員《しょくいん》にうながされ、ひとりずつ瓶《かめ》をのぞく。

「わあっ」

「すげぇっ」

瓶《かめ》のなかはまるで宇宙《うちゅう》がつまっているみたいだった。瑠璃色《るりいろ》に光る青のなかにまるい泡《あわ》がいくつも浮《う》いている。それが渦巻《うずま》く星のように見えるのだ。

自分で持ってきた布をちゃっかり染《そ》めていた上村が、手をとめていった。

「藍《あい》の華《はな》っていうのよ」

上村にしてはめずらしく、得意そうな顔をしている。上村は何度か藍染《あいぞ》めをしたことがあるようだ。

「へーぇ」

みんなは感心していっせいに声をあげた。

横で職員《しょくいん》が笑ってる。

ゴム手袋《てぶくろ》をはめて、おっかなびっくりひとりずつ瓶《かめ》にハンカチをひたしていく。引きあげるとハンカチはきれいな緑色に染《そ》まっていた。

「えっ、緑？　おかしくね？」

航太がすっとんきょうな声をあげた。

でも、緑は見ているあいだにじわじわと色を変えていく。

「あっ」

みんなのおどろく顔を見ながら職員《しょくいん》がいった。

「藍《あい》は、生きているんです」

ハンカチの上にくりひろげられる藍《あい》の生命《いのち》を、みんなは飽《あ》きずにながめた。水にひたすと、それはさらに目の覚めるような深い藍色《あいいろ》に変わった。

「きれい！」

知香《ちか》が目を輝《かがや》かせた。ハンノキの授業《じゅぎょう》であたしが教室をとびだした日、恐怖《きょうふ》に顔をひきつらせ大きくとびのいていた知香《ちか》を思いだす。

最後にアイロンをかけ、全員が世界にひとつのハンカチを完成させた。みんなはほっとしたように手もとのハンカチを見つめている。

あたしはべつの意味でほっとしていた。これでようやく一日の半分が終わった。あとは給食を食べ、午後の二時間をやりすごすだけ。

〈食欲《しょくよく》はないけど、給食はあやしまれないように食べなきゃ〉

できあがったハンカチを手にぼんやり考えながらロビーで待っていると、あたしの背中《せなか》にとつぜんなにかがぶつかってきた。

「あっらあ、アリサじゃないー？」

氷をぶつけられたような冷たさと痛《いた》みにあたしは思わず肩《かた》をすくめた。

忘《わす》れようとしても忘《わす》れられない。その声にはききおぼえがあった。

おそるおそるふりむく。由奈《ゆな》だった。

「えーっ、なに？」

「あの包丁向けたアリサ？」

「そうそう。ほら、ダブルの」

「たしか町から追放されたんだよねー」

「やだ、まだ生きてたの？」

「キャハハッ」

あのときの悪夢《あくむ》がそのままそこにあった。由奈《ゆな》たちは中学になってもあいかわらず群《む》れているようだ。ハンカチを持っているところを見ると、どうやら体験学習にきたらしい。

部屋がべつだったからぜんぜん気づかなかった。

〈よりによって、なんで……？〉

せっかくの記念日に。ただでさえタイミングが悪いのになんだって由奈《ゆな》まで……。あたしはぼうぜんとした。

「ねえ、あんたたちー、伊崎中《いざきちゅう》の子ぉ？　気をつけなー、アリサなんて包丁であたしを刺《さ》そうとしたんだからー」

由奈《ゆな》はまわりにいた一組のみんなに向かっていった。

「ほんっと危《あぶ》ないんだから」

「人殺しよね。なにずうずうしく生きてんだ」

「なんとかいいなっ」

とりまきが口々にいった。

あたしは金縛《かなしば》りにあったみたいに動けない。「もうがまんなんかしない、好き勝手に生きてやる」そう思ったはずなのに。あたしはまだあのときのままなにも変わっていなかった……。

「星亜梨沙《ほしありさ》それでも人のつもりかな」

一茶《いっさ》の授業《じゅぎょう》で浮《う》かんだ句《く》が頭のなかをぐるぐるかけめぐる。足もとからはいあがってくる暗いスパイラルに引きずりこまれそうになっていると、横で細い悲鳴のような声がきこえた。

「それであなたは、なにをしたのっ？」

〈えっ？〉

思わず顔をあげる。胸《むね》の前でハンカチを握《にぎ》りしめた原口知香《はらぐちちか》だった。ハンカチを握《にぎ》る手がぶるぶるふるえている。

〈知香《ちか》？　なにやってんの〉

「誰《だれ》、あんた」

由奈《ゆな》が口の端《はし》で笑って知香《ちか》につめよった。

〈やば、やられる〉

思ったとき、

「そうだよ。おめぇら、なんかしたんじゃねえの？」

とうきび頭の、航太だった。

「相当ひどいことしたんだろう」

ポケットに手をつっこみ、肩《かた》をゆらして前へ出ていく。

委員長の館林《たてばやし》が、腕組《うでぐ》みをしだまって横にならぶ。

「理由もないのに包丁向けるなんて、ありえないっ」

うしろからぴしゃりと金崎《かねさき》がいった。

「そうだ、そうだ」

「ちゃんと理由があるはずだ」

みんなが口々にいう。

学校祭の朗読《ろうどく》であたしをはさんでならんでた人の列がいまあたしをとりかこむように立っていた。

「なに?」

「なに?」

みんなのすきまから由奈《ゆな》たちがあとずさりしていくのが見える。

片《かた》づけを終え体験室から出てきた上村の声がひびいた。

「あなたたち、どこの中学生?」

由奈《ゆな》たちはいっせいに踵《きびす》をかえして散っていった。

それを合図《あいず》に、あたしを囲んでいた人の列はするするっとほどけていく。

あたしはぼうぜんとしてあたりを見まわした。

〈いまの、なに……?〉

帰りのバスで、あたしは答えを探《さが》すようにみんなを見まわした。

知香《ちか》はとなりの子とハンカチを手に話しこんでいる。航太はあいかわらずがははと大口あけて笑ってる。

みんなはあたしに話しかけるでもなく、かといって無視《むし》するわけでなく、ふだんとまったく変わらない。もしかしてさっきのことはなかったことではないかと思う。

でも……あたしはたしかにきいた。

「それであなたは、なにをしたの？」

「理由もないのに包丁向けるなんてありえない」

経験《けいけん》したことのない感覚が、あたしを不安にさせる。朝、家を出るときあんなにぴーんと張《は》りつめ、一点のくもりもなかったあたしの気持ちはいま、壊《こわ》れた振《ふ》り子《こ》みたいに大きくゆれていた。

〈だめ。じゃましないで。今日はあたしの輝《かがや》かしい記念日なんだから〉

心のとびらをぴたりととじ、あたしはバスのシートに深くしずみこんだ。

給食を無理に喉《のど》におしこみ、午後の授業《じゅぎょう》もなんとか切りぬけた。

自分では最高の演技《えんぎ》だったと思う。

帰り支度《じたく》をしていると、上村がきていった。

「朝から思っていたんだけど、顔色が悪いわね。なにかあった？」

あたしは内心ドキッとした。

〈上村、やっぱり変なレーダー持ってる〉

ようやくたどりついたのに、ここでだいなしにするわけにはいかない。

「大丈夫《だいじょうぶ》。なんにも、ない」

あたしはくずれそうになるのをけんめいにこらえた。

「そう」

さいわい上村はすぐにはなれていった。

ほっとして力がぬけそうになった。

〈図書室で時間をつぶして、国道をわたって海へ向かう……〉

あたしはシミュレーションどおりに学校を出た。

でも、なぜか足が前に進まない。なにか大きな忘《わす》れものをしたような、だいじなものを落としてしまったような気がして立ちどまりそうになる。あたしは自分をふるいたたせ、ようやく道の駅にたどり着いた。地方の町のウィークデー、夕方の道の駅は人がまばらだった。

建物の外にあるトイレですばやく着替《きが》えをすませる。着替《きが》えが終われば中学生がひとりで長くいるところじゃない。すぐに道の駅を出て川沿《かわぞ》いの道を進んだ。

予想どおり、ほどなくして海に出た。潮《しお》のにおいが鼻をつきぬけいっきに身体《からだ》になだれこんでくる。町が近いせいかそれとも今日は気温が高かったためか、十月初めというのにけっこうな人数が波とたわむれていた。

あたしは人をさけ、海岸を左に進む。大きく湾曲《わんきょく》する砂浜《すなはま》がどこまでもつづいていた。対岸にかすんですらりとした山が稜線《りょうせん》をのばす。ふりかえると火力発電所の鉄塔《てっとう》の向こうにあたしの暮《く》らした町が見える。町につづく山の端《は》に、夕陽がしずもうとしているところだった。ときどきふりかえって距離《きょり》をたしかめる。そのたびに町は小さくなっていった。

どのくらい歩いたろう。砂浜《すなはま》ばかりと思っていたのに、そこは岩が何個か連なって海へつきでて岬《みさき》のようになっていた。道から遠く離《はな》れているせいか人影《ひとかげ》はまったく見えない。ここまでくる人はそうはいないだろう。

あたしはやっと安心して、すわれそうな岩を選んで腰《こし》かけた。目の前に大きな湖とまちがわれるほど穏《おだ》やかな湾《わん》が広がっている。雲ひとつない高い空。

夕陽を腹《はら》に受けた貨物船が水平線をゆっくりはっていく。少し先の港を目指すのだろう。

たぽん　たぽん

やわらかい波の音が張《は》りつめていた神経《しんけい》をなだめるようにきこえてくる。風があたしをとりまいて、のんびりとぬけていく。そうやってすわっていると、海のなかにひとりぽっかりと浮《う》かんでいるような気がした。

〈それにしてもなんて日だ〉

人生最後の日というのにいろんなことがありすぎた。よりによって由奈《ゆな》まで……。

くる日もくる日も苦しめられた。

あんなに憎《にく》かったのに。

〈なぜだろう〉

由奈《ゆな》がひどく子どもに思えた。

〈かわいそう……〉

逃《に》げていく由奈《ゆな》を、あたしは初めてそう思った。

かわりに大写しになるものがある。

あたしをとりかこみ、ほどけていった人の群《む》れ。由奈《ゆな》に向かって放たれたいくつかの言葉。

「それであなたは、なにをしたの？」

「理由もないのに包丁向けるなんてありえない」

〈もしかして、初めて理由をきいてもらえた？〉

でも……もう遅《おそ》すぎる。

あたしは朝、決別してきたアパートを思う。

あの場所に帰ることはもうできないと思った。だからあたしはここで死ぬしかない。

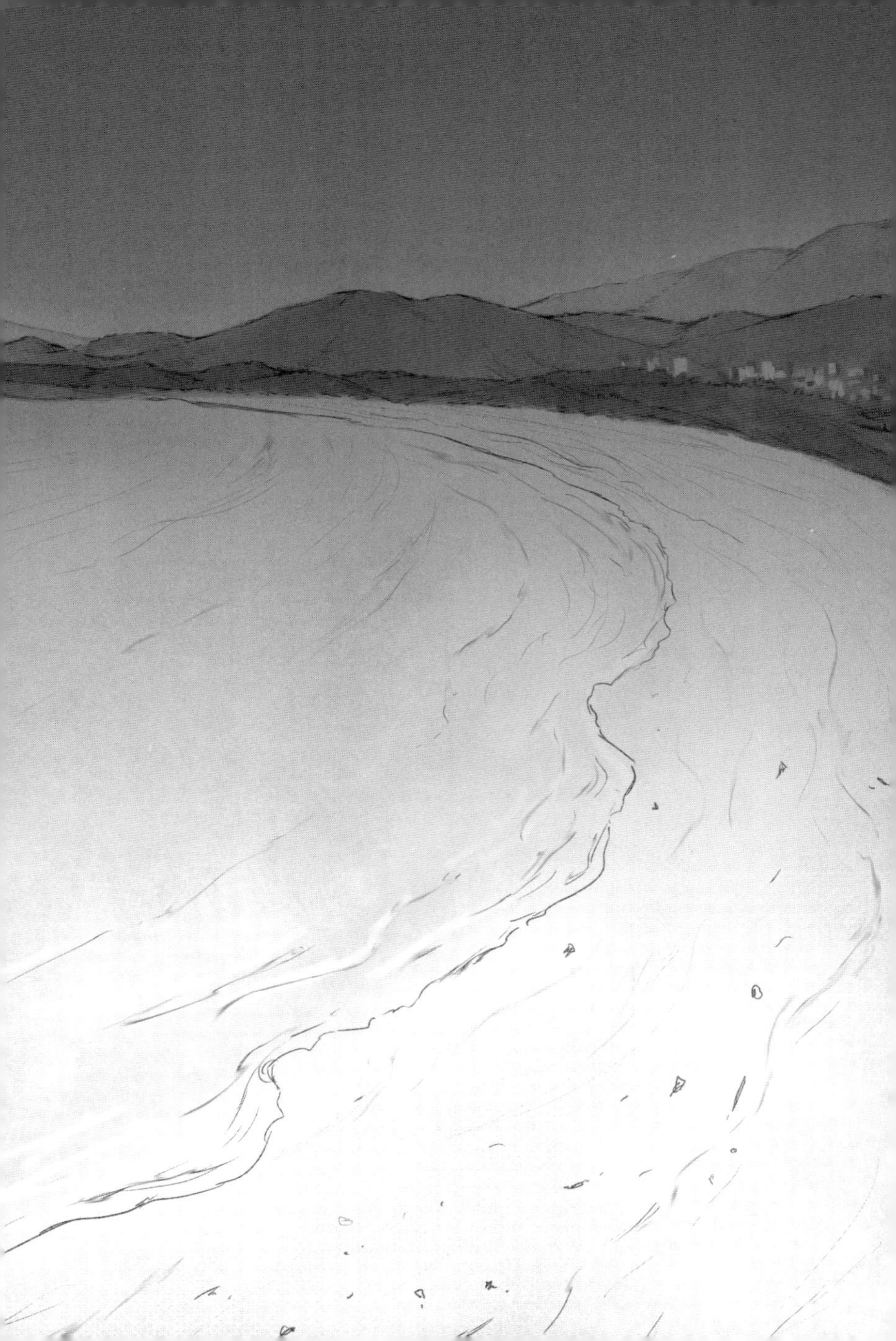

最後の生命《いのち》を燃《も》やして太陽が山の端《は》にかくれようとしている。

風がとまり鏡のような海面が光で埋《う》めつくされる。光は地上にひそむすべての影《かげ》を暴《あば》きだしてしまいそうだ。まるであたしのなかに巣くう暗いスパイラルまで残らずかきだされてしまう気がした。あんなに張《は》りつめけんめいに今日をやりすごしてきたのに、みんなでよってたかってじゃまをする。ぜんぜん関係のないあの太陽まで。

〈あたし、死ぬことも許《ゆる》されないのか……〉

そう思うと、なんだかおかしくなった。

断末魔《だんまつま》の叫《さけ》びをあげ、太陽がもだえながらしずんでいく。火照《ほて》りを映《うつ》した海が黄金色《こがねいろ》に輝《かがや》く。空と海に刻々《こくこく》と描《えが》きだされる光のグラデーションを、あたしはただあっけにとられて見つめていた。

どこまでも澄《す》みきったおごそかな光……。空のなかに柿色《かきいろ》のほっぺが浮《う》かぶ。

〈美有……いまごろどうしているだろう。傷《きず》はもう治ったろうか〉

思ったとたん、あたしのなかでなにかがくずれた。

〈どうしていなくなっちゃったのさ、美有〉

気がつくとあたしは海に向かって声をあげて泣いていた。

どのくらいそうしていただろう。

風が出ていた。

見ると、海はすっかり変わりはじめていた。

空は光をしずめ、ひとつふたつ星がまたたいている。

闇《やみ》のなかにひとりとりのこされている恐怖《きょうふ》がいきなりおそってくる。

あたしは弾《はじ》かれたように立ちあがり、砂浜《すなはま》を引きかえしはじめた。

身体《からだ》が冷えきって足が思うように動かない。ジャージの袋《ふくろ》から制服《せいふく》を出して急いではおる。誰《だれ》のものかわからない制服《せいふく》でも、いまはないよりずっとましだった。

湾曲《わんきょく》してつづく海岸線上に黒々と火力発電所のシルエットが浮《う》かぶ。頭から煙《けむり》を吐《は》き赤いふたつの目を光らせた鉄塔《てっとう》は、空に浮《う》かぶ魔物《まもの》のようだ。

闇《やみ》が背後《はいご》から容赦《ようしゃ》なく追いすがり背中《せなか》をかむ。

発電所の向こうにちらちらちらと点滅《てんめつ》する町の灯を見つめながら、あたしは逃《に》げるように砂《すな》をこいだ。

発電所の影《かげ》が少しずつ近づいてくる。あたしの暮《く》らしていた町が近づいてくる。発電所がはっきりと姿《すがた》を見せたとき、あたしの足はとまった。

〈いったいどこへ、いけばいいんだろう……〉

二度ともどることはないと思ったあの場所に帰るのは想像《そうぞう》以上のダメージだった。

ちらりと暗い海を見る。

黒い海面に波が白い牙《きば》をむいている。

あたしは身ぶるいした。もうそこに入っていく気力は残っていそうもなかった。

前とうしろを闇《やみ》にはさまれ、あたしは立ちつくす。

〈どうしよう……〉

太陽の光にこそげおとされたあたしのスパイラルがふたたび首をもたげていた。

〈死ぬことも帰ることも許《ゆる》されない〉

ぼうぜんと空を見あげる。
〈あっ〉
あたしは息をのんだ。
ふるような星だった。星はまっすぐにあたし目がけて落ちてくる。
そのまま星を見あげていると、胸《むね》のなかがすーっと澄《す》んでくる。
いつのまにかあたしは、
〈死ぬのはいつだっていい。今日じゃなくていい……〉
そう思っていた。
星だけを見つめ、あたしはまた歩きはじめた。

記念日を逃《のが》した痛《いた》みは地下水のようにあたしの底を流れていた。
でも、表面的にはなにも変わらない日常《にちじょう》がつづく。
あたしはあいかわらず学校と家を往復《おうふく》した。
美有がいなくなったあとも、残り勉強はつづけられていた。上村は漢字の書きとりなど、遅《おく》れをとりもどす勉強のほかに文章をよく読ませた。小学校低学年の本やどこからかぬきだしてきた文章、新聞の切りぬきなどにも感想を書かせた。上村の持ってくる文章はたとえ低学年のものでもおもしろかった。

美有が持っていた読書記録ノートをあたしも持たされた。でもあたしは美有みたいに真面目にやっていたわけじゃなく、ほんの二、三行適当《てきとう》に書くだけだった。上村はそのノートに、いつもあたしの倍くらいのコメントを書いてきた。まるで上村の読書記録のようなものだった。あたしはただそういう勉強をしていただけだったのに、なぜか成績《せいせき》は国語以外の教科ものびていた。

「このぶんなら、三学期もうちょっとがんばれば奨学金《しょうがくきん》を受ける基準《きじゅん》に達するかもしれないわ」

上村がつぶやいた。

〈奨学金《しょうがくきん》?〉

なんのことかと思った。

上村は説明した。この町にはかつて中学校の校長をしていた人が退職金《たいしょくきん》で設《もう》けた返済《へんさい》不要の奨学金《しょうがくきん》があるというのだ。

「高校へいきたくても、事情《じじょう》があっていけない人を応援《おうえん》するために設《もう》けられた奨学金《しょうがくきん》よ」

上村の言葉をあたしは他人事みたいにきいていた。

〈高校？　なんであたしが高校へいかなきゃならないの。あたしには関係ない。上村はなんにもわかっちゃいない。あたしのことなんか、ぜんぜんわかっちゃいないんだ〉

だけどあたしには、どうしてもひとつだけずっと引っかかっていることがあった。


「十五歳《さい》　江戸《えど》に奉公《ほうこう》に出される。年少で手に職《しょく》もなく、流民《るみん》同然の生活」


一茶《いっさ》の一生のなかに書かれていた文だ。十五歳《さい》といえば、中学卒業の年だ。中学出たらすぐに働いて誰《だれ》にも頼《たよ》らず生きていこうと、それだけを思ってた。でも、それはむずかしいことなのだろうか？

あたしはちらっとママを思った。生まれてからあたしはママとふたりっきり。パパにも親戚《しんせき》という人にも、一度も会ったことはない。

ママはただ毎日部屋にとじこもり横文字のなかに埋《う》もれている。なぜそうなってしまったのか？　いつからそうなったのか？

パソコンをはうママの細い指は、ママがひとりぼっちで生きてきた証《あか》しのようにも思えた。

前に持っていた大量の薬……。もしかしたらママも、流民《るみん》だったのだろうか？

でも、だからってあんなことしていいわけない。

万引きをした日あたしを置き去りにしてぶうんといってしまった。存在《そんざい》を消されたとき、一度も理由をきかなかった。

ママのなかにあたしはいない……。

まとわりつくママの顔をふりはらい、上村を見る。

このごろふとした瞬間《しゅんかん》に上村に問いかけてしまいそうになっている自分に気づいて、あわてることがある。

〈先生、なんでここまでするの？〉

〈朗読《ろうどく》のとき、どうしてあたしの代役を立てなかったの？〉

質問《しつもん》はつぎつぎに生まれ、まるで出番を待つように胸《むね》の底でうずくまっていた。

あたしは出かかった言葉を急いで喉《のど》もとへおしもどした。

〈人を信じたら損《そん》をするだけ〉


冬休みまで残すところ数日となった。期末試験も終わりクラス対抗《たいこう》の球技《きゅうぎ》大会がおこなわれることになった。全校がバスケット、バレー、卓球《たっきゅう》のチームにわかれて試合をする。

「クラスでおそろいのはちまきをつくり、心をひとつにして優勝《ゆうしょう》しよう」

誰《だれ》かの提案《ていあん》は賛成《さんせい》多数ですんなりと決まった。仕事の速い家庭科得意の女子たちは、三日後にはもう黒地のはちまきを二十七枚《まい》縫《ぬ》って全員に配っていた。はちまきといっしょについてきたのがフェルト地だった。男子は青、女子は赤のひらがなで、それぞれの名前が切りぬかれている。あたしの手もとに届《とど》いたのは「ほ・し・あ・り・さ」の赤い文字だった。女子は自分で、男子は誰《だれ》かに縫《ぬ》いつけてもらえというのだ。

〈ほしありさ……〉

なんの抵抗《ていこう》もなく自分の名前を人前にさらせる人間は、そうじゃない人間がいることを理解《りかい》しない。自分の名前に抵抗《ていこう》をもつだけじゃなく人前にさらすことを強いられる。二重の苦しみに気づきもしないのだ。

あたしは掃除《そうじ》当番のとき、ゴミ置き場のゴミ箱にはちまきをまぎれこませた。

試合の日、はちまきをしていなかったのはあたしだけだった。きかれて「忘《わす》れた」と答えた。そのせいか、あたしが出たバレーの試合は一回戦で負けてしまった。「心をひとつにして優勝《ゆうしょう》しよう」というおおげさなキャッチフレーズで始まった球技《きゅうぎ》大会は優勝《ゆうしょう》などほどとおく、ただ時間をもてあますだけであっけなく終わってしまった。

手紙

三月、あたしの点数はぎりぎり奨学金《しょうがくきん》のレベルに達したらしい。
居残《いのこ》り勉強の最後に上村《うえむら》がいった。
「つぎの担任《たんにん》にちゃんと引きついでおくから、奨学金《しょうがくきん》をためて絶対《ぜったい》に高校へいくのよ」
〈えっ？〉
上村はその言葉であっさりと転任《てんにん》を告げた。
〈なに、それ〉
やり場のない怒《いか》りがこみあげてくる。
なにが奨学金《しょうがくきん》だ。教師《きょうし》なんて表面的なきれいごとならべといて、転任《てんにん》してしまえばそれで終わりじゃないか。そんなら最初からあたしにさわるんじゃない。

怒《いか》りがどこへ向かっているのかわからなかった。上村にか、それとも怒《おこ》っている自分にか。

〈もしかしたら上村はちがうかもなんて、思いはじめていたんだろうか？〉

そのことがあたしをひどく打ちのめした。信用できる大人なんてこの世にひとりもいない、みんなママとおなじ。小さいころからよくわかっていたはずなのに……。

〈転任《てんにん》？　すれば〉

自分がうろたえているなんて、思いたくなかった。

あたしはだんだら坂をどんどんと音をたててのぼった。

「関係ない。上村なんて、ぜんぜん関係ない」

風のなかで、何度も何度もくりかえした。

修了式《しゅうりょうしき》のあと、離任式《りにんしき》がおこなわれた。入学式とおなじように、あたしは体育館の天《てん》井《じょう》のむきだしの鉄骨《てっこつ》を見あげてた。ステージの上に装飾《そうしょく》した文字が見える。

「明日に向かって羽ばたこう」

もう、一年がたつのか。

あのときのあたしといまのあたし、どこかちがっているだろうか。

いや、どこもちがっていない。あのときもいまも、あたしはひとり。ずっとずっと、ひとり……。


教室にもどると、上村がぬけているわずかな時間に見送りの日が決められた。

三月三十日、午前十時、学校前。

「全員で見送ろう」

館林《たてばやし》の呼《よ》びかけにみんなはいっせいにうなずいた。

金崎《かねさき》がめずらしく代表して上村に言葉を贈《おく》るという。

あたしは、最初からいかないと決めていた。上村の顔なんかもう見たくなかった。

なにかを察知したのか、航太《こうた》がよってきた。

「おまえもくるだろ?」

だまっているあたしにさらに念をおす。

「二年になったらクラスがえだからこれが最後だ。絶対《ぜったい》こいよ」

航太の目は真剣《しんけん》だった。航太でも、こんな目をすることがあるんだと思った。

横にならんで知香《ちか》がいう。

「きてくださいね」

あたしは完全に無視《むし》した。見送ることに、なんの意味があるというんだ。見送ったって上村がいなくなることに変わりはない。

〈終わりよければすべてよし?〉

そんな帳尻合《ちょうじりあ》わせはごめんだった。

上村はあたし以外の全員に見送られて、新しい学校へ転任《てんにん》していった。


四月になった。

あたしはまた一組だった。航太と知香《ちか》はべつのクラス。館林もいなかった。残ったのは、金崎瑞希《かねさきみずき》。

〈よりによって……〉

金崎《かねさき》はやっぱり苦手だった。

あたしはあいかわらず意味もなく、バス停とバス停のあいだを往復《おうふく》した。暗い海にプカプカ浮《う》かぶクラゲみたいに、色の消えた世界をひとりでただよっていた。


新しい担任《たんにん》は木津《きづ》という無駄《むだ》にはりきった男だった。いつもなにを考えているのかわからない上村とは対照的だ。あたしは結局、奨学金《しょうがくきん》を受けることになった。でもどうせそれも今年限《かぎ》り。成績《せいせき》はこれから確実《かくじつ》にさがっていくことをあたしは知っていた。学校と家のあいだをただよいながら、一度手放したはずの死のカードがふたたびシャッフルされて目の前にめぐってきていた。

始業式の翌日《よくじつ》、あたしは木津《きづ》に呼《よ》ばれた。

「調子はどうだ？」「バス通学は順調か？」「何時に家を出るんだ」

どうでもいい質問《しつもん》をくりかえす。

〈めんどくさ〉

あたしは立ちあがろうとした。

木津《きづ》はあわてて机《つくえ》から一通の手紙をとりだした。

「上村先生からだ」

〈えっ？　なに？　上村なんかもう関係ない〉

受けとろうとしないあたしに、木津《きづ》はいった。

「せっかく書いてくれたんだから、受けとらなきゃだめじゃないか」

手紙を無理におしつける。

〈たのんでない。勝手に書いたんじゃないか〉

いうのもかったるく、あたしは手紙を受けとり乱暴《らんぼう》に上着のポケットにつっこんだ。

さっさと終わらせてここを出たかった。手紙はどこかその辺に捨《す》てるつもりだった。

帰ろうとするあたしに、木津《きづ》が追いすがる。

「本当は口止めされていたんだけど」

〈じゃあ、いわなきゃいい〉

あたしはかまわず立ちあがった。

「上村さんはぼくの大学の先輩《せんぱい》なんだ」

〈だから?〉

木津《きづ》がさらに早口でまくしたてる。

「早くにご両親亡《な》くされて、積みこみや引《ひ》っ越《こ》しのアルバイトをして苦労して大学出た」

〈なに身の上話はじめてんの〉

思いながらあたしは妙《みょう》に納得《なっとく》していた。

〈積みこみや引《ひ》っ越《こ》し……なるほど、腕力《わんりょく》があったわけだ〉

「さいわい、近くに住んでる人が里親になってくれた」

〈ふうん、ラッキーじゃない。あたしとはちがう人生だ〉

あたしはゆっくりと背中《せなか》を向けた。

「その人がもう高齢《こうれい》で病気なんだ。だから、めんどう見るために転任《てんにん》した」

あたしの背中《せなか》にむかって木津《きづ》がいう。

あたしは礼をすると、そのまま職員室《しょくいんしつ》を出た。

木津《きづ》は追ってこなかった。

〈知るか、そんなこと〉

耳にからまる木津《きづ》の声をふりはらいながらだんだら坂をのぼる。なんだかすべてがいまいましかった。

「なんだってそんな話するんだよ」

あたしは毒づきながら、ぐいぐい坂をのぼった。途中《とちゅう》までいくと、先のほうでなにかが光っている。チカッ、チカッ。まるでモールス信号みたいに。

〈なんだろう〉

あたしはその光に目をこらして歩いた。近づくと、それはどこにでもある百円ライターだった。

〈なーんだ〉

透明《とうめい》なむらさきのライターが、あんなに強く光るのかと思った。銀色の部分がさびてないから、きっと誰《だれ》かが落としたばかりなんだろう。

一瞬《いっしゅん》、ポケットに手をつっこんで歩く航太《こうた》のとうきび頭が浮《う》かんだ。

〈あいつ、まさかタバコでもふかしてたんじゃないだろうな〉

航太は学校祭のあとすぐにもとにもどった。あいかわらず空気を読まず、しつこく話しかけてきてあたしににらまれた。

こんど会ったら問いつめてやろうという気になって、あたしはライターをポケットにつっこんだ。その拍子《ひょうし》に手紙が手にふれる。

〈あ、そうだ。どっかに捨《す》てなきゃ〉

木津《きづ》が変なことといいだすからすっかり忘《わす》れていた。

あたしは捨《す》て場所を探《さが》してだんだら坂のしげみにわけいった。葦《あし》だかドングイだかわからないしげみをかきわけると、いきなり視界《しかい》がひらけた。そこだけぽっかりと原っぱのようになっている。

〈へえ、こんなとこあったんだ。外からじゃわからないな〉

あたりを見まわしながらポケットから手紙を出す。肉厚《にくあつ》のまあるい字が目に飛びこんできた。はみでるほどでっかく、あたしの名前が書かれている。

「残ってください」

初めて残り勉強した日、くつ箱にはられていたマジックの文字とおなじだ。

放課後の教室で上村と過《す》ごした時間が一瞬《いっしゅん》でよみがえる。

「字には書いた人の心が出るのよ」

そういって上村はあたしの字を書きなおさせた。あのときは、なに見当ちがいの説教してるんだと思った。でもいまこうして見ると、はっきりと上村の顔が浮《う》かんでくる。

〈こんなにでかく名前が書かれているんじゃ、そのまま捨《す》てるわけにはいかないか〉

あたしはいいわけしながら手紙に手をかけた。

びっしりと書かれた一面の文字が目に飛びこんでくる。読書記録のノートとおなじだ。


〝亜梨沙《ありさ》さん、元気?

奨学金《しょうがくきん》は無事に受けられただろうか。

最後はなんだかさけられているみたいだったからあんまりよく話せなかったけど、奨《しょう》学金《がくきん》はちゃんと受けて貯めておきなさいね。高校へはいくのよ。勉強はすべき。どんな手段《しゅだん》をつかってでも。できるあいだはぎりぎりまですべきよ。なぜかって? そうね、自分を強くするためよ。なにがあっても負けないように。

『勉強をしたら強くなれるのか』って、あなたならききそうね。うーん、それを説明するのはなかなかむずかしいわ。だって、やってみなければわからないことだから。でもね、やめるのはいつだってできると思わない？　だから、つづけることがだいじよ。誰《だれ》も本当のことはわからないのだから、最後の最後まで希望を捨《す》てちゃいけないのよ〟

あいかわらずの上村節だ。人のことなんか、まったくかまっちゃいない。

〝『ハンノキのそれでも花のつもりかな』
この句《く》の授業《じゅぎょう》を覚えてる？　あなた、大友《おおとも》さんの顔をくいいるように見つめてたわ。私《わたし》、あのとき、あなたのなかに希望を見たの。
学校祭の朗読《ろうどく》で心をひらかずぼそぼそしゃべってたわね。でもね、知ってた？　あそこに立っているあなたは、美しかった。みんなもそれがわかったんだと思う。だからあんなに大きな声で、けんめいにカバーしようとしていたのよ。心がつながるってすごいことよ。あなたはまだ信じられないかもしれないけど、いつかそれを信じられるようになるといいわね。

私《わたし》はとうとうなにもしてあげられずに転任《てんにん》してしまった。でも、「ごめんなさい」はいわないわ。目をあげてまわりをよおく見てごらん。あなたを好きで、あなたをじっと見てる目に出会うから。そんな目をたくさん見つけて幸せになるのよ。じゃ。

上村　育子〃

〈なんだ、これ〉

と思った。

〈希望?〉

なに、いってんの?　上村。

それに、あたしを好きな人?

なに、それ。

あたしはいつだってやっかいもの。保育所《ほいくしょ》のときも、小学校でも。ママだってあたしをじゃまだとしか思ってない。

あたしを好きな人なんて……。

美有？

包帯のなかから、くいいるように見つめていた。

航太……こりずにひょんひょんはねながら、あたしのまわりをいつも衛星《えいせい》みたいにまわってた。

知香《ちか》？

「それであなたは、なにをしたの？」

あのとき、なぜあんなことをいったんだろう。

上村……よけいなおせっかいをしまくった。

まさか。そんなわけない。いるわけないよ、あたしを好きな人なんか。

そこまで考えて、

〈じゃあ、あたしは？〉

と思った。

あたし、いままで誰《だれ》かを好きになったことがあったろうか？

「憎《にく》しみの道はいきどまり。愛する道は希望につながる。愛も憎《にく》しみも、自分のなかにあるんだから」

美有の母さんは、いった。

由奈《ゆな》を、あんなに憎《にく》んでた。ママに、復讐《ふくしゅう》したかった。憎《にく》しみなら、あたしのなかにもあった。でも、愛は……。

父親の指のあとをつけて、うれしそうに本を読んでいた美有。包帯でぐるぐる巻《ま》きにされても、「父さんを助けて」って叫《さけ》んだ。美有のなかに、愛はあった。

愛……。

それって、なんだろう。

手紙の最後に、美有の住所と近況《きんきょう》が書かれている。

〝追伸《ついしん》
大友さんはすっかり元気になって地元の中学に通っているわ。生徒会でがんばっているそうよ。〟

生徒会、あいつらしい。でも、またいいたいことがいえなくて、ひとりでかかえこんでるんじゃないだろうな。そう思うとたまらなく美有に会いたくなった。

会って、

「嘘《うそ》つくんじゃない」

といいたくなった。誰《だれ》かがそれをいってやらなかったら、美有はまた壊《こわ》れてしまう。そんな気がしてならなかった。

〈手紙を、書いてみようかな〉

そう思ったときだった。

〈あっ〉

あたしはとつぜん、何ヶ月も前に書いた遺書《いしょ》のことを思いだした。

〈まだかばんに入れたままだ〉

あたしは上村の手紙を風で飛ばないように石でおさえると、大急ぎでかばんのわきポケットをひらいた。遺書《いしょ》はそこにあった。とりだすと、角がこすれてぼろぼろになっている。遮断《しゃだん》された小さな空間なのに遺書《いしょ》の上にはたしかに時間が流れていた。

〈どうしよう……〉

そうだ。

あたしはさっき拾った百円ライターをポケットからとりだした。

カチッ　カチッ

手をかざして何度か試すとどうにか火がついた。

枯《か》れ草をよけてまあるいすきまをつくる。落ちていた枝《えだ》でまんなかの土をかき、できたくぼみに遺書《いしょ》を置いた。

ライターを点《とも》して火をつける。遺書《いしょ》は小さな火の手をあげ、あっという間に縮《ちぢ》んで消えていった。ちりちりと燃《も》える音が遺書《いしょ》の悲鳴みたいにきこえた。

灰《はい》をかきあつめ、その上にライターを置く。土をかぶせ中心に枝《えだ》を立てると、まるで小さな墓標《ぼひょう》のように見えた。それは過《す》ぎていった暗い日々の墓《はか》のようでもあり、あたし自身の墓《はか》のようでもあった。

墓《はか》によりそうように枯《か》れ草の上に寝《ね》ころんでみる。

春の日の晴れあがった空が目に飛びこんでくる。ゆっくりと、長い雲が意味ありげに流れていく。

あたしは雲が指す遠くの空を見つめた。

〈美有、この空見てるかなあ。上村も……〉

腕《うで》まくらをして春のあまい空気を吸《す》いこむ。目の下に段々《だんだん》とゆるやかな土手がつづき、その向こうに畑が広がっている。

しばらく日ざしに身体《からだ》をあずけそろそろ帰ろうと起きあがったとき、葦《あし》のしげみのすきまでなにかがゆれた。おいでおいでをするように目の端《はし》で手まねきしている。

〈えっ〉

土手の下に目をこらす。お祭りさわぎみたいに枝《えだ》と枝《えだ》が笑いあって……。

気がつくと、あたしは走りだしていた。しげみをかきわけ下草に足をとられ夢中《むちゅう》で土手をかけおりる。近づくにつれ、それはしだいにはっきりとしてきた。にぎやかにゆれる房《ふさ》、見えかくれするピンク。

あたりを見わたし、あたしはとびあがりそうになった。
ハンノキだった。
そこには一面のハンノキ林がつづいていたのだ。
たしかめるようにあたりを歩きまわる。
どの木もどの木も房《ふさ》のなかにピンクの花を抱《だ》いてうれしそうにゆれている。
〈こんなことって、ある?〉
ぼうぜんとして立ちつくす。
ずっとここを通っていたのに、まったく気づかなかった。
あたしは手をのばし空から差しかかるハンノキの枝《えだ》を手にとった。
ぽやぽやの小さなピンク。
あたしの存在《そんざい》が葬《ほうむ》られたあの日、たしかに小学校の窓《まど》から見た花だ。
「ハンノキは雌雄同株《しゆうどうしゅ》、ひとりで実を結ぶことができるの」
上村が授業《じゅぎょう》でいっていた。
あたしは、花を陽にかざしてみた。

〈ハンノキの赤ちゃん……〉

切ったら血の出るハンノキ。やせ地に捨《す》ておかれしだいに地面を変えていく。

「いいわね、そんなふうに生きられたら」

風のなかから上村の声がきこえてくる。

上村、あのときどんな思いでそういったんだろう。

乗っているとずーんとさびしくなった車のなか。心のなかをのぞいてしまった気がした。

上村もずっとなにかにたえてきたんだ……。

あたしが寝《ね》てても絶対《ぜったい》にあきらめなかった上村。理科室であたしを組みしいた。プレハブで水をかけた。でも、最後まであたしを朗読《ろうどく》からはずそうとしなかった。

〈なんでここまでするの?〉

〈どうしてあたしの代役を立てなかったの?〉

胸《むね》の底でうずくまっていた疑問《ぎもん》がいっきに息を吹《ふ》きかえす。

あたしは墓標《ぼひょう》にもどり、手紙を拾いあげた。封筒《ふうとう》のふくらみが手にさわる。

〈そういえば、まだなにか入っていた〉

とりだすと、なかから生きものみたいにするりとぬけでてきたのは一本のはちまきだった。

中央にピンクのフェルトで名前が縫《ぬ》いつけてある。

一瞬《いっしゅん》、球技《きゅうぎ》大会のはちまきかと思った。あのとき捨《す》てたはずのはちまきがなにかの拍子《ひょうし》で上村の手にわたっていたのかと。でも、あれはたしか黒地で文字は赤だった。目の前のこれは藍色《あいいろ》にピンク。

藍《あい》……？

あたしは去年の体験学習で上村が持ちこんだ布をうれしそうに染《そ》めていたのを思いだした。

〈もしかしてあのときの？　ということはこれ自分で縫《ぬ》った？〉

不ぞろいの縫《ぬ》い目を目で追う。学校祭で頭じゅうピンだらけにして髪《かみ》をアップにしてきた上村。あんな不器用なのにこれを縫《ぬ》ったのかと思うと、なんだか笑えてきた。

それにしても、最後までいやみなやつ。「ほ・し・あ・り・さ」の文字があのときよりでかいじゃない。あたしは二度目の苦笑いをして、はちまきをひっくりかえした。
するとそこには金色の糸で、
「まけるなありさこれにあり」
と小さく縫《ぬ》いつけてあった。
〈上村……〉
球技《きゅうぎ》大会のとき、あたしひとりはちまきをしていなかったことを覚えていたんだな。
文字を指でなぞる。
金の糸がだんだんにじんでいく。
あたしは「まけるなありさ」を額《ひたい》にあて、はちまきをきつくしめた。
「憎《にく》しみの道はいきどまり。愛する道は希望につながる」
あたし、できるかな？
ママを許《ゆる》すことなんて。
誰《だれ》かを愛することが、できるの？
わからない。

でも……。

やってみようと思った。

両手をひろげハンノキの枝《えだ》をわたってくる風を胸《むね》いっぱいに吸《す》いこむ。

この空の下のどこかで上村が生きている。美有も。

あたしは目をあげ長い雲が指す遠くの空に向かってつぶやいた。

「べつに、あんたにいわれたからじゃないからね。あたしは……自分で決めたんだ」

土手の下でハンノキが、小さくゆれて笑ってた。

あとがき

目に見えないもの、かたちのないものは不確《ふたし》かでとらえどころがありません。あるのかどうかわからないものを、どうやって信じていけばいいのでしょう。

亜梨沙《ありさ》は、愛を知りません。

でも、もしも心と心がつながる瞬間《しゅんかん》に出会ったら、人と人がむすびあう手ざわりを感じたら、そのときなにが始まるでしょう。私《わたし》はそれを、探《さが》してみたかったのです。

作品のなかで、亜梨沙《ありさ》ははたして愛を見つけることができたでしょうか？

それは、わかりません。

でも、はちまきを額《ひたい》にあて「やってみよう」と思った亜梨沙《ありさ》を信じるしかないのだと思います。

湖と見まちがうほど波の穏《おだ》やかな湾《わん》、対岸にすらりとした稜線《りょうせん》をのばす山。この作品の舞台《ぶたい》は、北海道南西部です。亜梨沙《ありさ》といっしょに、牧場につづくだんだら坂をのぼりおりするのは楽しい時間でした。挿絵《さしえ》を描《か》いた娘《むすめ》の流亜《るあ》は、亜梨沙《ありさ》とおなじ景色を見ながら育ちました。

この本を出版《しゅっぱん》してくださった岩崎書店のみなさまはじめ、最初にお手紙をいただいた「本作り空Sola」の檀上啓治《だんじょうけいじ》さん、檀上聖子《だんじょうせいこ》さん、スタッフのみなさまには、長期にわたってハンノキの取材をつづけてくださるなど、最後まで作品によりそって支えていただきました。

ここにすべてを記すことはできませんが、この作品にかかわっていただいた多くの方々に心から感謝《かんしゃ》いたします。とりわけ私《わたし》を児童文学に導《みちび》き、育ててくださったいまは亡《な》き小《お》笠原治嘉《がさわらひろよし》氏と同人誌《どうじんし》「まゆ」のなかまたちに感謝《かんしゃ》したいと思います。

有島《ありしま》　希音《きおん》

有島希音（ありしま　きおん）

北海道増毛町《ましけちょう》生まれ。札幌市在住。
執筆にいきづまるとフリッツ・ライナー＆シカゴ交響楽団のベートーヴェン、シンフォニーNo.5を聴く。定番中の定番といわれようとなんといわれようと、私はこれで前へすすむ。同人誌「まゆ」同人。

流亜（るあ）

北海道生まれ。広島県在住。
商社を退社後、趣味がこうじてイラストレーターに。
ソーシャルゲームを中心にキャラクターデザインを手がける。
挿画の仕事はこれが初めて。無類の猫好き。

装丁：中浜小織（annes studio）　協力：中山義幸（Studio GICO）
企画・編集・制作：株式会社本作り空Sola　http://sola.mon.macserver.jp

それでも人のつもりかな

2018年7月31日　第1刷発行
2019年4月30日　第2刷発行

作者　有島希音
画家　流亜
発行者　岩崎弘明　編集 松岡由紀
発行所　株式会社 岩崎書店
〒112-0005　東京都文京区水道1-9-2
電話　03-3812-9131(営業)/03-3813-5526(編集)
振替　00170-5-96822

印刷　三美印刷株式会社
製本　株式会社若林製本工場

ISBN978-4-265-80242-5　NDC913　19.5×13.5cm

落丁本・乱丁本はおとりかえいたします。
E-mail：info@iwasakishoten.co.jp
岩崎書店HP：http://www.iwasakishoten.co.jp